나를 더 사랑해야 한다
당신을 덜 사랑해야 한다

타인의 시선에서 자유로울 나를 위하여

나를 더 사랑해야 한다
당신을 덜 사랑해야 한다

초판 1쇄 발행 2018년 7월 2일
초판 4쇄 발행 2023년 2월 15일

지은이 손현녕

책임편집 김소영
디자인 Aleph Design

펴낸이 최현준
펴낸곳 빌리버튼
출판등록 제2016-000361호
주소 서울시 마포구 월드컵로 10길 28, 201호
전화 02-338-9271 | **팩스** 02-338-9272
메일 contents@billybutton.co.kr

ISBN 979-11-88545-20-9 03810
ⓒ 손현녕, 2018, Printed in Korea

이 도서의 국립중앙도서관 출판예정도서목록(CIP)은 서지정보유통지원시스템 홈페이지(http://seoji.nl.go.kr)와
국가자료공동목록시스템(http://www.nl.go.kr/kolisnet)에서 이용하실 수 있습니다.(CIP제어번호:CIP2018018203)

나를 더
사랑해야 한다

손현녕 지음

타인의 시선에서 자유로울 나를 위하여

당신을 덜
사랑해야 한다

빌리버튼 billybutton

타인의 시선에서

자유로워질

나를 위하여

1년은 52주 그리고 365일이다. 365일을 살아내는 일이 버거울 때마다 하루하루를 기록했다. 하루의 끝자락 즈음, 나는 연필을 오래도록 잡고 고뇌했다. 고뇌의 대부분은 인간관계 또는 스스로에 대한 회의감에서 온 것들이다. 관계에서 방향을 잃고 사람에 대한 환멸로 허우적거릴 때마다, 나는 연필을 쥐고 써내려가며 마음을 다스렸다. 마음속으로 생각하고 억누르며 넘어가는 것과 글을 쓰며 감정을 풀어가는 일에는 엄청난 차이가 있다는 것을 알았다. 글로 쓰기 시작하면 처치 곤란한 감정이 정리가 되고, 글이 가진 힘은 곧 마음의 근육을 키워 나를 더 튼튼하게 만든다.

1년은 52주 그리고 365일이다. 365일을 쉼 없이 썼다. 매일을 기록했다는 것은 그 만큼 아팠다는 증거일지 모른다. 하지만 시간이 지나면서 조금씩 더 나아지는 나를 발견했다. 나에게 주어지는 감사한 365일을 기록하면서 조금씩 성숙한다. 나를 힘들게 하고 나를 성숙하게 한 날들이 모여 자그마치 한 권의 책이 되었다.

타인의 시선에서 자유로워질 나를 위하여, 나는 앞으로도 쓰고 또 쓸 것이다.

6월, 설렘과 어긋남

수많은 계획들이 어긋나고,
어긋난 틈을 메우며
그렇게 나는 어른이 되어간다

나의 단점이자 장점은 솔직함이다. 감정을 숨기지 못해 문제일 때가 많다. 괜찮은 척하며 쌓아온 불안이 작은 전화기 너머로도 전달이 되었나 보다. 오후쯤 걸려온 전화에, 결국 나를 내려놓았다.

"즐겁게, 좋은 날이니까. 즐겁게 하자고."

나를 다독여 마음을 가라앉혀주셨다. 나의 책《순간의 나와 영원의 당신》처럼 순간을 살아야 하는데, 정작 나는 잘 실천하지 못하는 것 같다. '순간의 행복'. 나의 앞길은 여전히 불투명하다. 그런 인생에서도 최고의 가치는 '사랑'이라고 늘 되뇐다. 사랑을 주고받는 게 여전히 어렵다. 나부터 나를 사랑해주고, 나에게 사랑받아야겠다는 다짐을 한다.

교수님과 점심식사를 했다. 오랜만에 만나면 사람들은 보통 좋아진 점에 대해 먼저 이야기한다. "머리 스타일이 달라지셨네요." 또는 "얼굴이 좋아지셨어요."처럼. 그런데 오늘 뵌 교수님께서는 나를 보자마자 말씀하셨다.

"너 요즘 많이 힘드니?"

사실 엊그제 뵌 의사 선생님도 내 얼굴을 보며 "요즘 안 좋아요?"라고 말씀하셨다. 얼굴을 마주했을 때 보이는 눈빛, 피부, 입꼬리, 얼굴근육, 머릿결은 많은 것을 이야기해준다. 나를 바라보는 사람들이 느끼는 요즘 나의 근황은 어쩌면 내가 거부할 수 없는 진실일지 모른다.

오늘 내가 만난 사람들을 떠올려본다. 늘 밝고 유쾌한 후배는 눈썹을 치켜세우고 얼굴근육을 쉴 틈 없이 움직여 보고만 있어도 즐거웠다. 남자친구 이야기를 하시던 교수님은 눈에서 연보라빛 구슬이 굴러다녔다.

늘 이야기한다. 모든 일은 나에게 유리하게 흘러가고 있
다고. 만날 인연은 만나게 되어 있고, 그 인연이 이어지
는 끈 역시 어쩌면 정해져 있을지 모른다고. 그러기에
우리는 순간에 최선을 다해야 한다고.

오늘 난 내가 존재해야 하는 이유에 대해 다시 한 번 느
꼈다. 그리고 어쩔 수 없이, 이어지는 감사한 인연에 대
해서도 말이다. 다른 일정이 있어 보러 갈 수 없었던 업
무 관계자분을 여차여차 시간을 조정해 내일 뵙게 되었
고, 보고 싶던 사람도 애쓴 노력으로 곧 만나게 된다. 제
주의 따스한 그 모든 것을 다시 보고, 만지고, 들을 수 있
게 되었다. 모든 일이 정해져 있듯 돌아가는 것 같지만
사실은 그렇게 만든 노력과 희생이 있었다. 너무도 감사
한 저녁이다.

눈을 떴을 때, 오후 6시였다. 어젯밤 11시에 잠들었는데, 배가 고파 일어나 보니 그 시간이었다. 하는 일 없이 지내는 것 같아도 여독이 덜 풀렸는지 한 번도 깨지 않고 오랜만에 단잠을 잤다. 저녁을 먹고 비행기표 예약을 했다. 지난날 제주 어느 카페에서 들은 이야기를 떠올렸다.

"우리 행복하지 않으면 어때요, 좀 안 괜찮으면 어때요."

맞다. 우리는 행복하고 즐거운 모습을 드러내려 노력하지만, 혹시 약점이 될까 불행하고 슬픈 모습은 보이지 않으려 애를 쓴다. 사실 불행과 슬픔을 놓아버릴 용기만 있으면 지금보다는 조금 더 편한 마음과 위로를 얻을 수 있는데 말이다.

오늘 낮에 〈보안관〉이라는 영화를 봤다. 영화 속 배경은 우리 외갓댁이고 아구찜으로 유명한 맛집도 한 장면에 등장해 매우 반가웠다. 영화 속 대사 중 아주 상투적인 말이 등장했다.

"죄는 미워해도 사람은 미워하지 말자고."

사실 잘 이해가 되지 않는다. 그 사람이 잘못한 일인데, 그 사람이 아니었다면 일어나지 않을 일이었는데, 죄를 미워하고 사람은 미워하지 않는다니. 도무지 나로서는 성립되지 않는 말이었다. 반면에 또 하나의 대사.

"사람은 잘 변하지 않는다."

앞서 죄지은 사람과 연결 지어보면, 죄를 지은 사람은 잘 변하지 않는다는 결론이 나온다. 그래 맞아. 사람은 잘 변하지 않는다. 자아가 확립되고 정체성이 형성되는 청소년기를 지나면 시간이 흐를수록 본인의 아집은 더욱 강해지기 마련이다. 그래서 유연한 사람이 참 멋지다. 나이와 상관없이 어느 상황, 어느 자리에서나 조화를 이루는 것. 때론 고집을 버리는 변화가 박수를 받는다.

계획대로 일이 진행되지 않을 때 은근히 웃음이 난다.
아, 이게 바로 실성이라는 것인가? 7월부터 예정되어 있
던 제주에서의 두 달 살이가 보기 좋게 날아가버렸다. 속
상했지만 또 그러려니, 그럴 수 있는 일이라 생각하고 얼
른 잊었다.

과거의 나보다 지금의 내가 조금 더 좋은 이유는, 이런
것들이다. 어쩔 수 없는 일에 미련 두며 시간을 흘려보내
지 않는 것, 나의 손을 떠난 것에 대하여 오랜 시간 마음
두지 않는 것. 담대하게 받아들일 것.

제주에서 만난 언니가 나에게 물었다.

"현녕 씨는 언제 자기가 어른이 된 것 같아요?"

그때 선뜻 답이 생각나지 않았다. 언니는 "연말 정산 할
때, 보험료 낼 때, 여행하다 돌아가야 하는 날 비행기 표
를 취소하고 여행을 더 즐길 때." 등을 이야기했다. 나는
이제야 대답한다.

**"과거의 나보다 지금의 내가 이렇게 마음에 드는 순간이
요!"**

떠들썩한 오후를 보내고, 저녁을 먹자마자 곤히 단잠에 빠졌다. 한밤중에 아기 종달새 같은 친한 언니에게서 전화가 왔다. 언니랑 전화를 끊으며 우리는 곧 다시 만날 거라고, 머지않아 다시 제주에서 만날 거라고 그랬다. 이상하게도 두 번밖에 안 봤는데 오랜 시간 알고 지낸 것처럼 익숙하고, 이야기를 나눌수록 마음이 편안하다.

누구에게나 그런 인연이 있을 것이다. 유독 자기와 잘 통하는 사람, 멀리서도 서로를 알아보는 영혼이 같은 존재 말이다. 모두에게 다 좋을 것 같은 사람도 얼마든지 낯을 가릴 수 있다. 그렇기 때문에 우리의 인연은 그 얼마나 소중한 것일까.

'진심은 통한다'.

이 말을 늘 마음속으로 생각하고 실천하려 노력한다. 어린 꼬마들도, 학생들도, 하물며 애완동물도 자신이 사랑받고 있는지, 아닌지를 다 느낀다. 나는 이 사랑을 어떻게 더 잘 표현할 수 있을까 고민하고 고민한다.

오랜만에 친구를 만났다. 친구는 장거리 연애 중인데 오
늘이 서울에 사는 남자친구가 부산으로 오는 날이라고
했다. 몇 주 만에 재회하는 그들의 사랑이 얼마나 뜨거울
지 그리고 애틋할지 나도 덩달아 가슴이 두근거렸다.

종종 사랑이 무엇이라 생각하는지에 대한 질문을 받는
다. 정답이 없는 질문이다. 그러나 하나 확실한 것은 사
랑하는 남녀 사이도 사랑하기 이전에, 사람과 사람의 관
계라는 것이다. 그 점을 간과하여 사랑이라는 이름으로
이해를 바라고 이해가 도를 넘어서 욕심과 이기심으로
변질되어버린다. 사랑하니까 더 친절해야 한다. 사랑하
니까 더 말조심을 해야 한다. 우리는 사랑하니까 누구보
다 더 양보하고 배려해야 한다.

다시, "사랑이 뭐라고 생각해요?"라고 물어온다. 나는 대
답한다.

**"사랑은 의리죠. 친구들 사이 의리보다 내 사랑과의 의
리. 그게 진짜 사랑이라 생각해요."**

늘 그렇듯, 사랑은 최고의 가치다.

7월, 나를 알아간다는 것

있는 그대로의 나를
봐주는 사람들이 있어 참 행복해

'다정도 병인 양하여 잠 못 들어 하노라'가 생각이 난다. 정이 많은 내 마음에 꽂히는 말. 타인에게 관심이 많은 나는 지켜보다가 도움이 필요할 때면 먼저 다가가 모든 것을 내어 준다.

그렇지만 정작 내가 도움이 필요한 순간 그들은 모두 나를 외면한다. '나라면 그러지 않을 텐데, 나라면 저 사람이 울고 있을 때, 같이 울어주지 못해도 한 번 꼭 안아줄 텐데. 그래, 정이 많은 게 내 병이야. 내 탓이야.' 언니가 나에게 이야기한다.

"아직도 사람을 믿니? 그래, 이게 천성이야."

있는 그대로의 내가 그렇다. 사람들은 변하지 않는다. 나도 변하지 않는다. 사랑을 주는 것을 끊을 수 없다면 사랑을 주고 잊어버려라. 이건 내 성격의 문제이지만 잘못은 아니다. 제주에서 눈물은 오늘까지다. 정은 주고 나서 잊어버리자. 다정은 병이다.

작은 그릇 시장에 갔다. 오래된 빈티지 그릇을 한참 보다가 찻잔을 골랐다. 금테를 두른 행남사 찻잔을 샀다. 한 벌만 사려다 두 벌을 샀다. 두 벌을 사야 할 것 같았다.

그릇을 사는 건 나만의 살림을 꾸리는 일 같아 괜히 설렌다. 찻잔을 두 벌로 사는 것, 수저도 티스푼도 짝을 이뤄 두 벌로 산다는 것은 그저 구매의 의미만 있는 것은 아니다. 어쩌면 곧, 또는 언젠가 이룰 가정에서 평생을 함께할 친구와 차를 마시는 일, 일련의 그림들이 떠오르며 머릿속에 독립 생활을 그려보았다. 냉장고에 부착하는 예쁜 자석도 있었지만 사지 않았다. 나에게는 의미를 부여하며 붙일 냉장고가 아직 없으니까.

그릇을 사는 일은 그랬다. 사랑을 그리게 하고 행복한 가정을 그리게 하고, 그 속의 행복한 내 모습을 그리게 했다.

날짜도 시간도 요일도 모르겠다. 시간이 나를 우습다는 듯 비껴간다. 사랑의 관계, 인연에 반가워하고 속상해하고 그리고 덤덤해지는 일의 반복.

그러다 인도 사진집을 우연히 보게 되었다. 인도의 풍경, 사람들, 생활을 보며 '아, 나는 왜 이리 좁은 곳에서 작은 것들로 신경을 곤두세우고 있을까'라는 의문이 들었다. 영혼이 닮아 있는 사람은 멀리서도 알아본다고 나는 말했다. 서로 같은 결을 가졌다면 분명 서로를 직감으로 알아본다. 그것이 인연의 시작인 셈이다. 그러니 자연스러운 일을 애써서 부자유로 만들지 말아야겠다.

관계로부터 자유로운 사람이 있을까? 어차피 지나갈 인연이라고 치부했던 어린 시절의 내가 그립다.

차가운 물에 몸을 담글 때면 아무리 날이 더워도 풍덩 빠
질 수 없었다. 내게 적응의 시간은 어디에서나 존재했다.
적응하고, 편안해지고, 얽매이다가 질려버렸다. 그래서
상대가 누구든 '편안한 단계'에서 떠나야 한다고 생각했
다. 얽매이면 분명 털어내지 못할 누군가가 생길 테니 말
이다. 말이 쉽다. 편안해지고 좋아졌는데 떠나라니, 거리
를 둬야 한다니! 수영장에서 질릴 때까지 수영을 하고 나
오면 더 미련 없지 않을까. 그곳이 질릴 때까지 머물면
떠날 때 미련 없지 않을까.

당신을 질릴 때까지 사랑하고, 좋아하고, 고맙다고 말하
고, 질릴 때까지 곁에 머물면 떠나도 미련 없지 않을까.

모든 것에는 본질이 있다. 우리는 가끔 무언가를 '본질'이 아니라 '수단'으로 대하는 사람들을 만난다. 여행에서 만나 이동수단으로 그 사람의 차를 빌려 타며 그저 '기사'로만 대한다거나 속상한 일이 있을 때만 전화를 걸어 감정 쓰레기통쯤으로 이용한다거나 말이다. 감정은 쌍방의 교류다. 상대가 나를 수단으로 여긴다는 느낌을 받는 순간 내가 내민 진수성찬이 모두 뒤엎힌 기분이 든다.

언젠가 나도 누군가를 '본질'로 대하지 않고 수단시하지는 않았는지 되돌아보게 된다. 어쩐지 제주에는 나를 본질 그대로, 있는 그대로 봐주는 사람들이 있어 참 행복하다.

여기에 머무는 동안에는 그들에게 더 많은 사랑을 표하고 싶다.

새로운 일을 기획할 때면 온갖 긍정의 호르몬이 나를 지
배한다. 결과는 예측할 수 없다. 되든 안 되든 우선 해보
는 시도 자체가 용기 있는 나의 결과라 믿는다. 다음 책
을 생각하면 그렇듯, 혼자가 아닌 여럿이서 사랑하는 무
언가를 위해 힘을 합쳐 시도해보는 일은 그 자체로도 큰
의미를 갖는다.

육지에 있는 언니와 통화를 했다. 처한 삶의 어려움과 불
안에 대해 이야기했다. 내가 그토록 바라던 교사가 된 언
니는 행복하지 않다고 했다. 여전히 불완전과 불안 속에
서 하루하루를 버티고 있다고 했다.

나는 종종 원하는 직업을 얻으면 행복해질 거라 생각했
었다. 그게 아니었다. 행복의 답은 여전히 내 마음 안에
있었다.

8월, 한여름의 성장통

긍정과 부정의 길을 선택하는 일은
온전히 나의 몫이다

뭉뚝해진 연필을 연필깎이에 넣어 달달달 돌려 깎았다. 나는 선물하는 것이 자기희생처럼 되어도 행복한 사람이다. 당장 내가 입고 먹을 것이 없어도 당신이 선물을 받고 행복해할 것을 생각하면 바다 위에 떠 있는 것처럼 기분이 좋다.

나는 이기적인 사람일까, 이타적인 사람일까.

선물을 받고 좋아할 당신의 모습이 좋은 내가 좋고, 선물을 고를 때 행복한 그 순간이 좋으니까.

부산에 있는 가족에게 보낼 엽서를 썼다. 비록 지금 당장 목소리를 듣고 화면으로 실시간 얼굴을 볼 수도 있지만 조금의 쑥스러움 때문에 전하지 못한 이야기를 글로는 전할 수 있어 좋다. 욕심일까. 표현해도 욕심이 되고 숨겨도 욕심이 된다면 무엇을 택해야 할까.

상대방이 내민 천 원짜리 삼각김밥 하나에도 나는 그 사람을 집으로 초대해 진수성찬을 대접해야 했다. 결국 남겨질 것은 수북하게 쌓인 설거지 그릇과 음식물 쓰레기일 것을 알면서도 말이다.

받는 것에 비해 너무 많은 것을 주는 방식이 더 이상 나에게 온전한 행복은 아니라고 느꼈다. 어쩌면 '내리사랑'이라는 부모의 자식 사랑을 제외하고는 주는 기쁨과 동시에 그 마음에 대한 화답을 원하는 것이 당연한 이치다. 큰 선물이나 계산적인 보답이 아니라 "고맙습니다.", "덕분에 행복합니다."라는 말이면 충분하다. 말 한마디면 주는 이도 받는 이도 모두 좋을 텐데 하는 생각이 드는 밤이다.

시간은 우리가 모르는 사이에 사람과 장소를 바꾸어 놓
는다. 2000년 초반에 모슬포 항구를 찾았었던 이들이 함
께 2017년 모슬포를 다시 찾았다. 17년의 시간 동안 많은
것이 변해서 그들은 아쉬움을 뒤로하고 떠났다. 그들의
마음을 짐작해보면서 변하지 말았으면 하는 소중한 장소
라면 다시 찾지 않는 것이 좋겠다고 생각했다.

사람 역시 그럴까? 좋은 기억으로 남은 상대를 긴 시간
이 흐르고 만나면 옛 기억까지 회색으로 칠하는 일이 될
까. 찬란했던 과거의 색을 그대로 두는 것이 더 좋으려
나. 시간의 다른 말은 변화이자 흐름일 테니, 흘러감의
갈래 속에서 어쩌면 긍정과 부정의 길을 선택하는 일은
온전히 나의 몫이다.

지난여름 동안 많은 것을 얻었고, 내가 가진 것을 어떻게 써야 하는지 고민할 수 있었다. 가진 것 중 무엇이 가장 소중한지 알게 되었고, 소중한 그것을 어떻게 하면 지킬 수 있는지 배웠다. 반대로 어떻게 했을 때 그것들을 놓치게 되는지도 어깨너머로 알게 되었다.

나는 여름에 성장통을 겪는다. 뜨거운 여름을 지나고 날 때마다 조금은 달라진 내가 되었다.

역시 공짜로 얻어지는 것은 없다. 그간 내가 부렸던 오만은 모두 가짜였음을 뜨거운 제주가, 소리 없이 단시간에 얼굴을 숨기던 발간 해가, 밤바다에 뜬 밝은 불빛의 고기잡이배가, 사랑하는 만큼 아끼지 않으셨던 어머니의 회초리가, 제주에서 만난 모든 진실된 인연들이 내게 가르쳐주었다.

9월, 내 마음 굳어지기 전에

내 마음자리는
내가 알아서 다스려야 한다

작은 우물 안에서 힘차게 울기만 하던 때가 있었다. 어른들은 한 우물만 파라고 하셨다. 그래야 그 우물에서 목이나마 축일 수 있을 거라고 말이다. 나는 내 울음소리에 질려 더 깊이 땅을 파지 못했다.

오히려 나는 우물을 나와서 많이 느끼는 중이다. 세상의 다양성을. 내가 보고 느낄 수 있는 것들의 가치를. 그리고 내가 그토록 좋아하는 아이들을 교실에서 만나고 있다. 굳이 힘들어하며 병을 앓으면서가 아니라.

살아가는 데 세워둔 가치관과 기준은 제각기 다르다. 정답은 없다. 자본주의 사회에 살면서 '부'에 욕심이 없다면 그것도 거짓이겠지. 오늘도 고민했다. 배고프지 않으면서 내가 잘하는 일을 즐겁게 하고 또 남과 나눌 수 있는 방법을.

누군가와 수다를 떠는 일은 쉽지 않다. 혼자 일방적으로 수다를 몇 시간 떨 수도 없고 대화 코드가 맞지 않는 상대와 장시간 깊은 이야기를 나누기도 어렵다. 수면 위를 빙빙 돌기만 하는 대화는 서로에 대한 희미한 인상만 남길 뿐이다.

이효리와 이상순은 서로 나누는 이야기가 가장 즐겁다고 했다. 동성 간의 대화 코드도 잘 들어맞기가 쉽지 않은데, 호감과 사랑을 전제하는 이성끼리 만나 친구처럼 깊이 있게 즐거운 대화를 나누는 '세상에서 가장 친한 친구'가 되었다. 둘은 하늘에서 내려준 인연일까.

나는 지난밤 전 남자친구의 결혼 소식을 들었고 오늘은 함께하면 즐거운 이와 오겹살을 먹었다.

가을이 오려나. 환절기라고 이렇게 비가 쏟아지나. 여기
저기 도로가 침수되어 오늘 우리 학교는 재량적으로 휴
업을 했다. 수업 준비를 미리 해두고 글을 쓰기 시작했다.
마음처럼 일이 잘 안 될 때가 있다. 초안을 완성했던 소
설은 오랜 시간 더 공을 들여야겠다고 결심했다. 역시 소
설이란 누구나, 아무나가 할 수 없는 일이다. 치밀하고도
빈틈없는 계산이 짜 맞춰져야 한다. 그래야만 재미를, 의
미를, 웃음을, 눈물을, 감동을 줄 수 있을 것 같다.

매일 같이 마음을 비우고 다스리려 쓴 글들이 다시 한 번
묶인다. 누구는 5수를 해서 가고 싶던 대학에 갔고, 누구
는 10수를 해서 꿈꾸던 교사가 되었다. 그러나 그들은 행
복하지 않다고 한다.

행복은 여기, 지금, 이 순간에 있는데. 우리는 자꾸 눈을
가리고 손을 앞으로만 뻗는다.

이성으로는 아무리 아니라고 해도 가슴이 시키는 일이 있다. 복잡해서 머리가 아파도 꼭 내가 해결해야 하는 일이 있다. 주변에 그 누군가가 들어줄 수는 있지만, 선택은 결국 나의 몫이니까. 그런 일들 앞에서 왜 나는 망설일까.

답을 알면서도 어쩌지 못하는 마음에 시간을 빼앗기고, 더 사랑할 날들을 빼앗긴다.

우리는 이러지도 저러지도 못하는 일 앞에서 잠시 멈춰 있다가 자기만의 방식대로 행동을 취한다. 나는 죄책감을 느끼며 여기에 머문다. 이 또한 지나갈 시간이다. 지나간 시간 앞에 억지를 부리는 모습은 우습다. 재활용조차 되지 않는 우리의 대화, 감정, 시간, 웃음 그렇게 또 한 층 쌓이는 무서운 '정'. 우리이기 이전에 너와 나, 사람 대 사람으로 쌓이는 이 '정'이 무섭다.

인간이 가장 두려워하는 것은 타인의 생각이 아닐까. 다른 사람의 말에 신경 쓰지 않는 듯하지만, 알게 모르게 시선을 의식하고 우리는 웃고 운다.

정신과 레지던트로 일하는 친구는 말했다. 연세가 들수록 대화와 상담이 힘들다고. 치료가 필요해서 병원을 찾지만 본인만의 세계가 굳어질 대로 굳어져 벽이 두껍다고 했다. 아집이다. 나이를 한 살, 한 살 더할 때마다 아집은 딱딱하게 굳어간다.

말랑말랑한 어른이 되고 싶다. 헐렁헐렁이 아니라 강단이 있되 유연한 사람 말이다. 이상하게도 나이가 들면서 점점 '인정'하는 능력이 줄어든다. 어린이였을 때는 곧잘 인정했던 것 같은데, 나의 잘못이나 나와 다른 상대의 의견, 다른 이의 감정까지도 인정하지 못한다. 나도 모르게 굳어지기 전에 마음 스트레칭을 해야겠다.

청귤을 사서 청을 담갔고, 커피 원두를 사서 갈아 더치커피를 내린다. 맛 좋은 커피를 먹어서 기쁠 때도 있지만, 거의 반 이상을 주변에 선물로 건넨다.

커피를 좋아하는 당신은 매일 내가 준 커피 원액에 물을 희석하며 마시는데, 그때마다 내 생각을 할 수 있어 좋다고 했다. 청귤청은 탄산수에 타 에이드로 시원하고 상큼하게 마실 수 있어 좋고, 따뜻하게 마시면 목에 좋다고 했다. 사람 사이에 계산하지 않을 때, 그 관계는 더욱 깊어진다. 정성 어린 선물을 전하면서 값을 매기거나 그 보답을 기대했다면 나는 그 어떤 선물도 할 수 없었을 것이다. 곁에 사람들이 있을 때 서로를 위해 마음을 더 나누고 싶다. 힘들면 말없이 두 마음 맞대고 안아줄 수 있고 좋은 일에는 세상 다 가진 듯 기뻐할 수 있어 좋다. 누군가를 미워하고, 나를 혹여 미워하는 사람을 신경 쓰기에는 날 좋아하는 사람들의 마음이 너무도 따뜻하다.

사람의 겉모습으로 속까지 판단해버리는 일이 종종 있다. 그러지 말아야지 하면서도 내가 갖는 편견 역시 어쩔수 없는 것일까. 어느 유명 배우를 만나 깊은 이야기를 나눌 기회가 있었다. 그날 나는 그 사람의 직업이 아닌, 그 사람 자체를 만나게 되었다.

우리는 직업에 따라 사람을 낮게 또는 높게 대하는 경우를 종종 본다. 그 어떤 직업도 스스로의 양심에 어긋나지 않고 자기 자신을 귀히 여길 수 있다면 업신여겨도 될 직업이란 없다. 그 어떤 직업도 돈을 많이 번다고, 사회적으로 인정받는다고 해서 그 사람을 있는 그대로의 모습보다 한껏 우대해줄 필요는 없다.

이리도 잘 알면서 나는 왜 마음이 부자인 사람 앞에서는 그리 작아지는 걸까.

글쓰기는 '버리기 작업'이라고 한다. 다음 책의 제목을 고민했던 하루다. 문장에서 시작한 제목을 버리고 버리다 보니 '자음 하나'만 남게 생겼다. 이러다 제목이 없는 책이 나오는 것은 아닐까 하는 우스갯소리도 했다.

글쓰기의 과정도 그렇지만 우리가 하는 모든 일은 결국 그 누구도 아닌 나 스스로의 만족이 필요하다. 아무리 주변 조언을 물어도 내 성에 차야 다음 단계로 넘어갈 수 있다. 어떤 일이든 그렇지 않을까. 특히나 없던 것을 새로 만드는 일은 더욱 그러하리라. 세상 모든 창작자, 제작자들이 존경스럽다.

나는 다시 또 원고를 펼친다. 잔뜩 욕심 부리는 것은 없는지, 버리고 비워야 할 것은 없는지. 어떻게 하면 글로써 이야기 나눌 수 있을지. 어렵지 않아 쉽게 읽히지만 결코 쉽고 얕은 이야기로만 남지 않을지 고민한다.

퇴근하고 돌아오는 길에 차가 막혀 한참 신호를 기다렸다. 요즘 즐겨 듣는 롤러코스터의 〈습관〉이라는 노래가 차 안 가득히 울려 퍼졌고, 나는 그 위에 내 목소리까지 더해 신나게 따라 부르고 있었다. 도로에 가득 찬 차들도 힐끔힐끔 쳐다보면서.

그때 반대편 차선에 멈춰 선 한 대의 차. 운전석에 앉은 여자는 울부짖음에 가까운 표정으로 한 손에 전화기를 들고 통화 중이었다. 계속 쳐다보기가 미안했다. 고개를 얼른 돌렸지만, 왠지 내 차에서 나는 노랫소리를 뚫고 그 여자의 울음소리와 고함 소리가 귓가에 들리는 듯했다. 표정만으로 그 여자의 사정은 알 수 없지만 감정만은 고스란히 느낄 수 있었다. '화'는 없었고 떠나가는 것에 대한 슬픔 같기도, 놓아야 하는 것 그리고 비워야 하는 것에 대한 서러움 같기도 했다.

잠시였지만 저녁 내내 그 잔상이 남는다.

오늘에서야 깨우치는 이야기. 역시 인간은 겪어봐야, 몸소 체험해봐야 '그나마' 느낀다. 이것도 얼마 지나지 않아 망각하겠지만.

속상하고 기분 나빴던 이야기를 남에게 푸념처럼 털어놓는 일은 정말 조심스러워야 한다. 내 기분과 감정에 도취해 듣는 상대에게 부정적인 감정을 고스란히 떠넘기는 일이 될 수 있으니 말이다. 또 털어놓고 나면 조금 후련할 것 같아도 오히려 말로 꺼내기 전보다 안 좋은 감정은 더 짙어지고 오래간다. 오늘에서야 다시금 깨우치는 이야기다.

속상한 일, 해결책이 뚜렷하게 없는 우울한 이야기라면 다른 사람 붙잡고 이야기하지 말자. 내 마음자리는 내가 알아서 다스려야 한다. 잠시 여유를 가져도 좋고, 그 감정과 독대해도 좋다.

"왜 화가 났니?"

스스로에게 묻고 '화'의 감정을 빼고 나서, 나를 달래는 일도 잊지 말자.

이제 조금 알겠다. 나는 어떤 사람과 있을 때 더 좋은 사람이 될 수 있는지를. 어떤 사람과 있을 때 더욱 '나'일 수 있는지를.

갓 스무 살이 되었을 때 유독 많이 들었던 이야기였다. 여러 사람을 많이 만나보라는 말. 지금 나이에는 누군가를 만날 때는 신중히 만나라고 듣는다. 나이대에 따라 듣는 이야기가 달라진다.

내가 선호하고 좋아하는 자극적인 음식은 순간일 뿐, 금세 질리거나 어느 순간 이유 없이 싫어졌다. 조금 밋밋하고 수더분해도 어느 것도 가미되지 않은 사람은 나에게 화를 내지도, 나를 속이지도 않는다. 드세고 불같은 사람을 만나니 내 안에 사악함이 서서히 차올라 나까지 침범했다.

내게 이상형을 묻는 사람에게 "바보 말고 착한 사람이요."라고 했다. 느리고 말주변이 없고 조금은 지나치게 차분하더라도 우직하고 정직한, 어찌지 못하는 그 무언가의 마음을 가진 당신을 기다린다.

누구보다 특별하게 느껴지던 사람이 그저 '키 큰 남자' 또는 '그때 그 연하', '아, 그 눈 큰 남자'로만 기억되는 순간이 온다. 지난 일이란 그렇다.

지나고 나면 한때의 특별함도, 애틋함도 '아무럴 것'이 된다. 세상에서 나 혼자만이 가진 거울 속에서 그 사람을 바라보는 것 같았는데 시간이 지나면 아주 보편적인 시각으로 그 사람을 쳐다보게 된다. 어쩌면 그때 내가 바라봤던 그 모습으로 정지된 것일지도 모르겠다. 나도 누군가에게 그 당시의 모습으로 남아 있겠지.

그들이 나에게 붙인 수식어는 무엇일지 문득 궁금해졌다. 속 깊이 서로를 알아가던 우리가 시간이 지나면서 '외양, 나이, 사는 곳, 눈에 띄는 특이점' 같은 것으로 지칭된다는 것은 참 치사하다. 시간이 치사한 걸까. 아니, 인간이 치사한 것이다.

"사랑, 절대로 하지 마. 정말로 안 하겠다고 결심하고 버

텨봐. 그래도 무언가 사랑하고 있을걸?"

좋아하는 영화의 애정하는 대사다. 그 무엇도 사랑하지
않으리라 마음의 빗장을 걸어 잠그고, 단속을 해보아도
내 마음은 어딘가로 향한다. 대상이 사람이든 사물이든
동물이든 말이다. 어딘가로 지향하는 마음은 막을 수가
없다. 잡고 꼭 붙잡아도 마치 두더지 잡기 게임처럼 어디
에서 솟아날지 알 수 없다.

오늘도 사랑을 절제하는 연습을 한다. 너무 커져버린 마
음을 내가 감당해내지 못할까 봐. 눈에 밟히는 예쁜 아이
들, 졸업하면 이 순간도 돌아오지 않으니. 사랑하는 당신
들이 너무 큰 사랑이 도리어 무거워 내려놓겠다고 할까
두려운 나는 겁쟁이인가 보다.

가을바람을 흉내 낼 수 있는 것은 없다. 선풍기도, 에어
컨도. 딱 지금만 불어오는 이 선선한 바람을 베낄 수 없
다. 하루하루가 소중한 이 가을날, 나는 소중하지 않은
사람들에게 시간과 감정을 쏟고 있다. 내 마음처럼 간수
하기 힘든 것은 없다. 살다 보면 마음처럼 되지 않는 일
이 더 많다. 마음을 쏟을수록 손아귀를 벗어나는 것이 손
가락 사이로 흘러내리는 모래알 같다.

사랑을 도대체 왜 하며 사는 거냐고 물었다.

**"살면서, 정말 중요한 것 중에서 내가 왜 하는지 알고 하
는 건 없어."**

그랬다. 우리는 정작 왜 하고 있는지도 모를 중요한 일들
을 해내고 있다. 마음이 시끄럽고 진정하기 어려우니 글
에서 드러난다.

친구를 만났다. 친구는 4년이나 서로의 곁을 내주었는데
도 싸우고 화해하며 서로를 맞추어가는 남자친구 이야기
를 했다. 난 여전히 준비가 덜 되었다고 생각했다. 나부
터 나를 사랑해야 하니까 말이다.

10월, 찬란한 불안

내가 나를 마주 서서
객관적으로 평가하고,
지난 일을 반추하며 실수를 줄이고 싶다

뿌리가 훤히 드러나 있는 풀 무더기를 보았다. 봐선 안 될 것을 봐버린 기분을 잊을 수 없다. 알아서 크게 달라질 것이 없다면, 평생 모르고 사는 편이 낫다. 아는 것이 힘이 아니라, 도리어 모르는 것이 힘이 되는 순간도 반드시 찾아온다.

내가 아는 차분한 그녀는 유서를 써서 지갑 속에 반드시 지니고 다녔다. 언제, 어디에서 생을 마감할지 모르니 전하고 싶은 말을 꼭 세상에 전하기 위함일 것이다. 참 유용하다 싶으면서도 어딘가 저변에 깔린 불안감을 지울 수 없었다. 그녀는 현재 사랑하는 이를 만나 '가만한 삶'을 보내고 있다.

나는 유서도 없고, 걱정도 없다. 최고의 가치는 '사랑'이라고 늘 이야기한다. 서로의 뿌리를 감싸고 보듬어 푸른 잎을 더 빛나게 하는 진실된 사랑. 그 사랑의 강력한 힘을 믿는다.

어쩌다 우연히 집단상담을 받아본 적이 있다. 가장 기억에 남는 일은 생각과 사실 그리고 감정을 분리하는 것이었다. 마음처럼 쉽지가 않았다. 감정을 분리해서 처리하는 것이 가장 어렵다. 누군가로부터 상처받고, 화가 나고, 내가 바라는 것을 전달하고 싶을 때 최대한 감정을 배제하는 것이 좋다. 그러기 위해서 나는 나를 많이 들여다본다.

"그래, 우선 화를 빼자."

부단히 연습을 해야겠다고 다짐했다. 사람들은 내가 분위기가 있는, 또는 깊이 있는 사람으로 비춰진다고 했다. 극찬이라 감사히 들었다. 예쁘고 덜 아름답고 잘생기고 덜 멋진 것과는 아무 상관없이 한 사람이 평생 형성해온 '가치관, 생각, 말투, 행동, 마음가짐' 등 몸을 뚫고 풍기는 그 무엇. '분위기, 매력'의 단어보다 더 내면의 것. 그것을 지니고 풍기는 내가 되고 싶다.

남의 일은 유독 객관적으로 보려 하고, 내 사람이 상처받았을까 걱정한다. 반면 나의 일에는 사고력, 판단력이 흐려져 누가 쓴소리를 하면 진실과 관련 없이 그저 미안하다 고개 숙였다. 사랑하는 우리 언니는 이런 내 모습에 많이 속상해했다.

누군가에게 묻지 않고 꽃 선물을 했다. 내가 떠나고 그 꽃은 책상 제일 아래 먼지 가득한 서랍 속에 처박혀버려졌다. 눈에 보이는 것조차 싫어 쓰레기봉투에도 못 넣었으리라. 그는 꽃다발을 보면 사람 목을 잘라 포르말린 약품 처리를 해서 보기 좋게 포장한 것 같다며 왜 묻지도 않고 이런 선물을 하느냐고 나를 밀어냈다. 나는 그에게 사과를 했다. 그런 그의 이야기를 들은 언니는 나에게 말했다.

"그 사람, 마음이 건강하지 않은 것 같아. 꽃 자체가 예뻐서라기보다 꽃을 고르고, 기다리고 받는 사람이 행복해할 순간을 선물하는 것인데. '꽃 알레르기'가 아닌 이상 그 사실 그대로를 상대방에게 전하는 사람은 적어도 마

음이 귀한 사람은 아니야. 건강하지 않아."

그에게 한 사과를 다시 가져오고 싶다.

'내가 누군가를 사랑한다는 것을 어떻게 알까?'에 대해 고민했다. 사랑하는 사람에게 목숨을 내어 줄 수 있다면, 하고 생각했다. 아니, 죽어서 끝나는 것보다 나의 두 눈을 내어 줄 수 있는 것. 그것이 사랑이라고 극단의 생각을 했다.

당신에게 물었다. 당신은 사랑하는 이 사람과 이별하면 정말 힘들겠구나 느낄 때 '사랑'하고 있음을 안다고 했다. 나는 또다시 생각했다. 이번에는 극도로 사소한 일에도 그 사람이 떠오르면 사랑이라고 말할 수 있겠다고 했다. 맛있는 음식을 먹으면, 좋은 장소에 가면, 기분 좋은 향을 맡으면, 그 모든 것에 함께하고 싶은 사람. 그런 사람을 사랑이라 할 수 있겠다고 중얼거렸다.

사랑 타령을 하다 며칠 전 심은 바질 씨앗 화분을 보았다. 연두색 티끌들이 힘겹게 흙 사이로 목을 빼고 있었다. 생의 의지, 생의 소중함을 느꼈다.

몇 차례 '우연'이 만들어놓은 지금의 일들이 가끔은 너무도 신기할 때가 있다. 왜 하필 내 친구는 그 자리에 앉아서 우리는 15년째 친구인지. 왜 하필 그날, 그 서점에, 그 시간에, 그 코너에 있어서 우리가 사랑에 빠졌는지.

우리를 그 시간과 장소에 데려다놓은 것은 운명의 장난일까. 그렇다면 내가 앞으로 마주하는 모든 '우연' 속에는 인연이 되기 위한 필연이 숨어 있는 것일까. 모든 일에는 이유가 있고, 자신에게 유리한 방향으로 흘러가고 있음을 잊지 말아야겠다. 좋은 사람을 곁에 두고 싶다면 내가 먼저 좋은 사람이 되어야 하는데, 애쓰지 않아도 나를 갈고 닦는 데 정성을 쏟다 보면 자연스레 그에 걸맞는 사람들과 함께 있으리라.

적고 보니 '우연' 역시 내 인생에 내가 만들어놓은 하나의 지도 같은 것.

자기반성을 할 줄 아는 인간이 되고 싶다. 내가 나를 마주 서서 객관적으로 평가하고, 지난 일을 반추하며 실수를 줄이고 싶다.

나는 나를 사랑하지 않는 실수를 저지르고 있다. 반복하고 반복한다. 이런 나를 가여워하는 당신들이 있다. 시간이 해결해줄까, 사람이 해결해줄까. 내가 풀어야 하는 숙제일지도 모른다. 시시한 인간이 되지 말자고 다짐한다. 눈에 보이는 껍데기와 당장 눈앞에 놓인 실리만을 좇는 인간이 되지 말아야겠다고.

개똥철학도 철학이다. 자기만의 굳은 신념과 자기 철학이 자칫 아집이 되어 '꼰대' 소리를 듣게 될까 두렵다. 늘 자기반성적이어야 한다. 아무리 '옳은 일'도 '좋은 일' 앞에 무너지는 걸 종종 본다. 옳아서 좋은 것이 아니라 좋아서 옳다고 이야기한다. 옳음의 기준까지도 혼동하는 세상 속에 나의 '옳음'에 대해 고찰한다.

그래 역시, 시시해지지 말자.

7살에도, 17살에도 고민하지 않았다. 하늘에서 이미 정해 준 직업처럼 말이다. 꿈이 없던 친구들을 나를 부러워했다. 하고 싶은 일이 있어서, 확고한 꿈이 있어서 그것만 보고 노력하면 되니까. 어디를 향해 달려야 할지 모를 친구들의 시선은 그랬다.

10년이 지났다. 27살의 나는 '오발탄'이 되었다. 너무 일찍, 경솔하게 튕겨 나가버린 오발탄. 이미 총구는 떠났는데, 애초에 조준이 잘못되었던 것이다.

왜 그랬을까.

나는 어떤 객관적인 이유로 나를 그렇게 믿었을까. 많은 것이 정해져버렸다. 손에 쥐어진 붓과 팔레트의 물감은 어쩔 수 없고 돌이킬 수 없는 시간 속에서 굳어져버렸다. 그럼에도 불구하고 생각한다.

'어디로 튈지 모르니까 희망적이야. 붓과 물감은 어쩔 수 없어도 아직 하얀 도화지니까 괜찮아.'

그래 괜찮다. 다만 늙은 태아를 여태 품느라 마음 졸이시는 가족들에게 미안함을 이겨내기가 좀처럼 쉽지 않다.

도망 다니기 바쁘다. 지레짐작, 겁쟁이가 되어버렸다.

가을이 되고 나서 혼자 방 안에 음악을 틀어놓고 멍하니 천장을 보는 시간이 늘어났다. 잠들기 전의 시간을 가장 좋아한다. '어쩌지?', '어떡하지?', '하지 말자 그냥'으로 끝나는 생각의 꼬리. 지나친 생각은 부정의 도화선을 타고 흐른다. 역시 눈 질끈 감고 저지를 때 '실패'든 '성공'이든 결과를 얻는다.

현재 내 휴대전화에는 만 장이 넘는 사진이 있다. 어제부터 한 장씩 과거를 들여다보았다. 찬란했다. 그리고 역력히 불안했다. 아니, 불안을 감추기 위한 시선과 노력이었다. 그럼에도 찬란했던 이유는 당신과 함께했기 때문이다. 유독 당신과 보낸 시절의 사진은 모든 것이 편안했다. 아직 준비가 덜 됐다. 나를 더 사랑해야 한다. 그리고 당신을 덜 사랑해야 한다. 우리의 과거에서 떠나와야 한다.

지난 뜨거운 여름에 나는 제주에 있었다. 매일 집 드나들 듯 가던 책방에 우연히 그녀가 나타났고 우리는 그날 많은 이야기를 나누었다. 단 하루를 만났지만 서로의 울림소리가 통했던 것일까.

가을날, 우리는 부산에서 다시 만났다. 조금의 어색함도 없었다. 모래사장에 설치된 미술 작품들을 배경으로 한없이 걸으며 이야기를 나누었다. 온종일 차 안, 카페, 거리에서 나눈 대화들이 마치 〈비포 선라이즈〉에 나오는 대사 같았다. 다만 다른 점이 있다면 그들은 사랑, 우리는 우정이라는 것.

우리는 각자의 연애 스타일 같은 시시한 이야기부터 존재의 고독에 대한 무거운 이야기까지 끊임없이 생각을 나누었다. 오늘 본 설치미술 가운데 '은색의 넓은 타원'을 나는 밀짚모자, 그녀는 우주선이라 했다. 대화 속 어디에도 정답은 없었다. 참 좋다. 같은 것을 보고 다르게 느끼는 것. 그리고 그것을 자유롭게 이야기할 수 있는 분위기. 참 흥미롭다. 오늘 우리의 대화가 그랬다.

공허함은 고독만이 채울 수 있다. 고독은 외로움과 다르다. 고독은 인간의 숙명과도 같은 것이다. 가끔은 행복이라는 감정이 순간의 착각이 아닐까 한다. 환상 속 꿈을 지나고 나면 여지없이 인간은 본래 고독하다는 사실에 직면한다. 우리는 누구나, 모두가 혼자다.

고독에 익숙한 사람이 있을까. 혼자가 좋아서 혼자 영화를 본다. 혼자가 좋아 긴 시간 홀로 여행을 떠난다. 분명 혼자가 좋았는데, 혼자이고 싶지 않아 발버둥 치는 나를 만난다. 한편 무리에 속하고, 관계를 맺으면 또다시 혼자를, 고독을 그리워한다.

그래, 누구나 외롭고 외로운 게 삶이라는 것. 우리는 서로를 사랑하지만 그 속에 공허와 고독을 필연적으로 받아들여야 한다는 것. 이토록 흐리고 안개가 낀 날에는 잔잔한 호수 위 고독과 마주 앉아 이야기를 나누어야 한다.

세상에 나쁜 사람은 있어도, 나쁜 아이는 없다. 아이들은 처음 만날 때면 낯설어 데면데면해한다. 하지만 아이들은 귀신같이 알아본다. 이 사람이 나를 진심으로 사랑하는지, 아닌지를. 그래서인지 거리에서 아이들을 만나면 더욱 진심으로 어른의 사랑을 표하고 싶다. '옷깃만 스쳐도 인연'이라는 말을 떠올리며 하나라도 예쁘고, 잘하는 것을 찾아 칭찬하고 안아주고 이야기를 들어주려 노력한다. 그렇게 한 아이, 아이마다 옷깃을 맞대며 포옹을 한다.

스무 살이 되었을 때, 엄마는 나를 가만히 불러 앉혔다. 그동안 숨겨왔던 출생의 비밀이라든가, 사실은 우리가 어느 재벌가의 집안이라든가 하는 이야기를 들어야만 할 분위기였다. 텅 빈 방 안, 고요한 침묵 속에 엄마는 말없이 오래되어 낡은 상자를 무겁게 꺼내놓았다. 때가 긴 노란 테이프가 접착력을 상실한 채로 너덜거렸다. 상자를 열어 안의 내용물을 확인하려니, 엄마가 말씀하셨다.

"엄마가 스무 살 때부터 혹시 나중에 딸 낳으면 주려고 재미있게 읽었던 책을 모아뒀어. 이제 네가 스무 살이 되었으니까. 그리고 내 딸이니까. 너한테 주는 거야."

실로 그랬다. 누런 책들을 펼치면 책벌레가 기어 다녔고, 단연 20대에 좋아했을 연애소설, 가슴 저미는 시집들, 그 시대에 유행했을 도서들이 가득했다.

그래서 나 역시 상자를 꾸리는 중이다. 미래의 내 아이가 '아, 우리 엄마가 젊었을 때는 이런 책을 읽었구나', '그 시대는 이런 표지와 이런 책들이 유행했구나' 이해할 수 있도록 말이다.

사랑이 무엇이냐는 질문에 '의리'라고 대답한다. 친구 사이의 의리보다 더 견고하고 굳건한 믿음이 있어야 한다. 누구에게나 연인 사이의 권태기는 찾아올 수 있다. 나 역시 그랬다. 그 사람이 그날 입은 옷이 그냥 싫었고, 그 사람이 나를 쳐다보는 눈빛에 괜히 심술이 나고 싫었다. '지금의 나'라면 이야기했을 것이다.

"요즘 나 권태기를 겪는 것 같아. 우리 함께 좀 다르게 노력해보면 안 될까?"

그렇게 상대에게 내가 겪는 변화를 솔직하게 이야기하는 것도 의리이고, 만약 극복하지 못하더라도 끝까지 관계를 잘 마무리하는 것도 둘 사이의 의리다.

4년을 사귀었으면서 다른 사람과 눈이 맞아 마치 버스 환승하듯 가버린 너의 태도를, 그것을 옹호하는 주변 이들의 반응을 나는 경멸한다. 헤어졌는데 무슨 상관이냐 하겠지만, 적어도 4년의 의리라면 갈아치우는 듯한 행동이 부끄럽다는 것쯤은 알아야 하지 않을까?

널, 너의 새 연인을 보며.

양말을 개어 접을 때, 두 짝이 흩어지지 않게 잘 접는 방법은 언제쯤 익혔을까. 설거지를 하고 나서 여기저기 튄 물들을 잘 닦아서 마무리해야 한다는 건 또 언제쯤 들었던 말일까.

당연하게 여겼던 것이 당연하지 않다고 느껴질 때, 살아온 환경에 대해 생각한다. 같은 집에서 30년을 함께 살아온 것이 아니라면 정말 사소한 것부터 다르게 느낄 것이다. 설거지는 밥 먹고 바로 하는지, 좀 두었다 하는지. 빨래는 어떻게 하는지, 얼마나 자주 돌리는지. 화장실 바닥은 건식이어야 하는지, 수건은 어떻게 접어서 어디에 보관하는지, 반팔 티셔츠 하나 개는 방식까지.

결혼을 떠나서, 누구와 같이 산다는 것은 그런 것이다. 나를 이루는 과거의 모든 세계와 당신을 이루는 모든 세계가 만나 거대한 충돌을 만드는 셈이다. 그럼에도 맞추어 살아간다는 것은 상대를 향한 사랑과 이해를 넘어서서 스스로의 부족함을 먼저 아는 자기반성이 있을 때 가능한 것 아닐까.

이 세상에 보이지 않는 멍으로 힘들어하는 사람이 얼마
나 많을까 생각했다. 겉은 너무도 멀쩡한데 마음에 든 멍
을 애써 웃으며 가리고 사는 사람이 얼마나 많을까. 그
허다한 마음들이 모두 내 것처럼 느껴지는 밤이 있다. 철
없게만 보이던 남동생이 내 손등 위로 자기 손을 포개어
얹더니 이야기했다.

**"누나야, 제주도에 먼저 가 있을래? 돈은 내가 보내줄게.
누나야, 내 공부 마치면 갈 테니까 그때까지 거기서 글
쓰고 있어."**

고작 스물셋이라고 생각했는데, 아니 내 동생이어서 늘
어리게만 봤었는데…. 그 말을 듣고 하염없이 울었다.

자기 마음속에 든 멍은 아무렇지 않다고 하는 녀석의 쓴
웃음이 더 애통했다. 서로 텔레비전 리모컨을 차지하겠
다고 소리 지르며 싸웠었는데, 아이스크림 남은 거 다 먹
었다고 그토록 미워하며 말도 안 했었는데. 내가 모르는
사이에 녀석도 어른이 되었구나 생각했다.

좋은 누나, 본보기가 될 누나이지 못해 미안하다고 말했

고 동생은 "아니야, 괜찮아. 괜찮아."라며 내 등을 넓고
따스한 손으로 한참을 쓸어내렸다.

매일 같이 걷고 달리던 곳에는 농구 코트가 있었다. 그곳을 지날 때면 농구를 하는 사람들을 빤히 보며 당신을 생각했었다. 농구를 좋아하고, 잘했던 당신은 내게 이따금씩 자신이 좋아하는 선수 이름을 물어 확인하곤 했다. 시간이 참 많이 흐르기도 했나 보다. 그 농구 선수 이름이 머릿속에서 지워진 걸 보면. 오늘 오후, 그 길을 한참이나 걸었다. 농구 코트에는 같은 모습의 다른 사람들이 공을 쫓아 달리고 있었다.

이제는 당신이 생각나지 않는다. 당신을 그리워하던 옛날의 내 모습이 더욱 선명해질 뿐이다. 많은 사람을 만나고 겪으면서 나는 깨닫는다. '아 이런 사람이 좋은 사람이구나'가 중요하지 않다는 것을. 여러 사람을 거치며 '아, 나는 이런 사람과 잘 맞구나' 하고 아는 것이 중요하다는 것을.

누군가를 만난다는 건 내가 어떤 사람인지 여실히 확인할 수 있는 기회다.

11월, 시행착오

나의 색깔은 내가 정하고,
나의 가치는 내가 정한 시간 속에서
묻어난다

시간이 한참 지나고 나서, 아무 연관 없이 문득 떠오르는 생각이 있다. 미처 전하지 못한 말, 싸웠을 때 꼭 했어야 했던 이야기, 반대로 하지 말았어야 했던 말들. 이미 지난 일이라 다른 사람들은 기억도 못할 텐데 괜히 머릿속에 떠올라 나를 괴롭히는 것들. 다시 연락해서 그 이야기를 꺼내자니 무지 소심하고 지금까지 그 생각만 했던 사람처럼 보이는 건 아닐까, 괜히 긁어서 부스럼 만드는 건 아닐까, 생각이 꼬리를 문다. 혹시 내 언행으로 상처받은 사람이 있지 않을까 염려되는 순간도 떠오른다. '나, 너무 복잡하게 사나?' 또는 '아니, 솔직하게 미움받을 용기가 그렇게 없나?' 생각해본다. 베스트셀러 《미움 받을 용기》를 줄을 그어가며 여러 번을 읽었는데도, 내 의지와 마음은 여전하다.

이게 바로 내가 타고난 기질이다. 적어도 남에게 상처준 일을 모른 척 못 하겠으니까. 아무리 이럴까, 저럴까 해도 나는 결국은 지난 이야기를 다 꺼내 사과하고 말 인간이니까. 나를 인정해야 한다.

인간관계에도 수명이 있는 걸까. 두 사람 중 누구 한 명의 노력으로 간신히 연명하는 관계가 있다. 노력하던 사람이 그 끈을 놓아버리면, 얼마간 연락이 안 오는지 의식조차 못 하리라. 그러다 어느 날 문득 떠오르거나, 우선순위의 일을 모두 처리하고 남는 시간에 연락을 할 수도 있다. 이보다 더 끔찍한 일은 필요에 의해서 찾는 것이겠지. 우리도 한때는 아무런 노력 없이 자연스레 우정을 쌓고 관계를 유지하던 때가 있었다. 하루의 반나절 이상을 매일 함께하던 학창시절. 그렇지만 매일같이 만나 부딪히고 서로 이해하고 웃으며 보내던 그 시절은 이제 다 가버렸다.

각자 주어진 위치와 상황에서 소중한 관계를 잃지 않기 위해서는 반드시 의식적인 노력이 필요하다. 물론 '언제 연락해도 어제 만난 것 같은 친구'가 진정한 관계일 수 있지만 그 관계도 그만한 신뢰와 이해 없이는 어렵다.

'야, 넌 아직도 사람을 믿니?'

나 스스로에게 질문을 던졌다. 사람을 너무 잘 믿는 것도 문제다. 그러지 말라고 모두가 이야기한다. 사람은 적당히 거리를 두고 어느 정도만 서로 믿으며 살아야 하는 것이라고. 언제 뒤돌아 뒤통수를 칠지 모를 일이라며 말이다.

나도 잘 알지만 그게 이상하게 잘 안 된다. 얼굴을 보고 있으면, 함께 눈 마주치고 이야기를 나누면 어느새 나는 내 마음을 상대에게 모두 내어 주고 만다. 물론 길에서 만난 이단종교나 건전하지 않은 것에 대한 신뢰와는 다른 차원의 이야기다. 오히려 그런 면에서는 그 누구보다 냉철하다.

어쩌면 내가 나의 선택을 너무도 잘 믿기 때문일까. 내 앞에 앉은 상대에게 빗장이 풀리면 한없이 마음의 곡식을 내어 줘버린다. 언제나 더 많이 사랑한 사람이 더 아프듯이, 사람을 믿었던 결과로 나는 또 마음앓이를 한다. 그럼에도 그 믿음의 굴레는 계속된다.

올해 두 번째 서울 나들이다. 마치 수학여행을 앞둔 중
학생처럼 벌써부터 설레고 들뜬다. 익숙한 곳을 벗어나
는 것이 한때는 매우 불안했다. 익숙한 사람을 벗어나는
일에도 좀처럼 마음이 열리지 않았더랬다. 어쩌다 넘어
져도 내가 아는 장소에서는 쉽게 일어날 수 있고, 어쩌다
실수를 해도 날 아는 사람들은 넓은 마음으로 이해해줄
거라 생각했다. 먹는 음식마저 그랬다. 하나에 빠지면 늘
그것만 먹고 새로운 것으로 잘 바꾸려 하지 않았다.

그 모든 마음에는 '지금, 여기, 이대로가 좋은데 왜?'가
있었다. 하지만 떠나 보니 알 수 있었다. 새로운 공간과
사람이 주는 즐거움을. 내가 경험해보지 못한 것들에서
배울 수 있는 새로운 교훈까지도.

뭐든, 많이 다양하게 경험해봐야 내가 '무엇과, 어디와,
누구와' 잘 맞는지 알 수 있다.

대부분의 일이 그렇다. 처음에는 뭣도 모르고 하나씩 모르는 것들을 마주한다. 그 속에서 배우고 성장한다. 어느 일의 구조나 과정을 한 번 겪고 나면 그 다음은 쉬우면서도 알게 모르게 심리적인 압박을 받는다. '저번과 다르면 어떡하지?', '저번보다 좋아야 할 텐데'처럼 말이다.

독립출판으로 준비하는 두 번째 책 출간을 며칠 앞둔 나의 심정이다. 그러고 보니 두 번, 세 번씩 겪어왔던 일들이 스쳐 지나간다. 첫 수능 그리고 재수 생활. 첫 임용고시 그리고 재수. 첫사랑과 이별 후 새로운 사랑을 했을 때. 아니 심지어 인형 뽑기만 해도 한 번 하고 나면 다음이 더 긴장되니까. 우리가 하는 모든 두 번째 일들은 알기에 두려운 것들, 알기에 할 만한 것들로 이루어져 있다. 모든 두 번째 앞에 서 있는 나를 다독인다. 실패해도 괜찮다는 생각을 가져. 네가 반드시 일을 성공하고 이루어야 한다고 생각하지는 마. 이 모든 것이 시행착오를 거쳐 더 단단한 너를 만들 거야. 더 충만한 네가 될 거야.

가장 사랑하는 것이 가장 나를 힘들게 한다. 사랑하지 않으면 그게 무엇이 되었든 나를 크게 흔들지 못한다. 정이 없는 만큼 쉽게 놓아버리면 그만이니까.

오랜 과거부터 서로를 증오하는 당신과 나를 생각한다. 입버릇처럼 밉다고 하지만 가장 사랑하기 때문에 이리도 놓지 못하는 것일까. 오늘 밤도 내가 사랑하는 것들을 생각하며 초조함과 소중함을 함께 느낀다. 이미 떠나간 것을 사랑하는 일은 더욱 아프다.

학창시절 우리는 꼭 함께 이루고자 했던 버킷리스트를 공유했다. 그 후 10년이 지난 올해, 그 기회가 주어졌고 나는 그날의 기쁨과 설렘, 기대를 감출 수가 없었다. 그러나 사람의 마음은 모두 같을 수 없다는 것을 간과했다. 더 이상 10년 전 여고생의 우리가 아님을 나는 뒤늦게 깨달았다. 너와 나의 것이었던 일이 그 사이에 나 혼자만의 것이 되어 있었다.

그럼에도 당신보다 내가 더 힘든 이유는 여전히 나는 너를 사랑하기 때문이다.

1년이 또 한 번 지나간다. 나이가 들수록 시간 속 많은 일들이 얼마나 덧없이 흘러가는지 모르겠다. 체감하기로는 고작 몇 개월 지난 것뿐인데 또 1년이 지났다고 달력은 옷을 갈아입는다.

그런데 오늘은 예상하지 못한 부분에서 긴 365일의 시간을 마주했다. 중학생 남자아이의 뒤를 따라가며 말이다. 중학교 1학년인 그 아이의 뒷모습에서 가장 눈에 띄었던 건 바지 밑단이었다. 분명 입학할 때는 길이가 딱 맞거나 조금 더 길었을 바지. 1년의 시간이 무색할 정도로 발목의 살갗이 훤히 드러나 있었다.

고작 52주의 시간, 고작 365일이라 생각했지만 그 시간은 무려 10센티미터의 키를 자라게 하고, 실연의 아픈 상처를 무디게 만들었다. 참 짧은 시간이라 생각했는데.

새 생명이 세상에 나고 싹이 자라 잎이 나고 지는 그 시간 동안 당신은 내게서 더 멀리 달아났다.

하루하루, 지금의 나보다 조금 더 나은 인간이 되고자 한
다. 이를테면 감정을 잘 조절하는 사람, 타인을 배려하고
공감할 수 있는 사람 말이다. 오늘은 조금 다른 차원의
사람을 꿈꾸며 내가 할 수 있는 노력을 떠올렸다.

  '농담할 줄 아는 사람 되기!'

농담은 듣는 이가 기분 나쁘지 않은 선에서 분위기를 즐
겁게 만드는 고도의 기술이 필요하다. 마음의 여유와 함
께 상대, 대상에 대한 깊은 관심을 전제한다. 나이가 들
어갈수록 필요한 능력이라 생각했다. 어색하고 어려운
자리, 따분한 자리에서 누군가 유쾌하게 농담 한마디 던
져주면 그 얼마나 시원하고 짜릿한가? 지금에서야 드는
생각은 어르신 분들과의 대화 중에 '실없는 농'이라 여겼
던 내용들이 결코 실없지 않았다는 것이다. 그것은 상대
와 그 자리와 상황을 위한 배려와 관심이었으리라.

나는 오늘부터 매일 하루에 세 번의 농담을 하겠다고 다
짐한다. 유쾌한 할머니를 꿈꾸며.

절대적인 시간은 누구에게나 동일하게 주어지며, 어떤 대상에 쏟을 수 있는 에너지 역시 한계점이 있다. 일에 온 에너지를 쏟다 보면 자연스레 가정에 소홀할 수 있고, 새로 생긴 연인에게 정성을 다하다 보면 옛 친구와 조금 소원해질 수 있다.

요즘, 내가 치중해 에너지를 쏟는 것은 어떤 것일까 반추했다. 예전보다 신경을 덜 쓰게 된 것들은 무엇일까. 한창 신간을 내느라 온통 거기에 몰두하다 보니, 학교 일이나 주변 사람들에게 자연스럽게 소홀해졌다. 회사생활을 하는 친구는 잦은 야근에 자기 자신을 돌볼 에너지가 없다고 했다. '에너지 보존의 법칙' 같다. 조금 더 노력하면 챙길 수 있을 것 같지만 사실 우리가 쏟을 수 있는 에너지는 어느 정도 한정되어 있다는 것. 그러니 만약 내 관심이 당신에게 간다면 자연스레 다른 것, 다른 사람에게 안일해졌다는 방증일 것이다.

행복하고 걱정이 없을 때에는 쓸거리도, 사색에 잠길 만한 주제도 그다지 떠오르지 않는다. 정신이 피폐해질수록 머릿속에 떠오르는 것들은 많아지고 쓸거리들은 늘어난다.

지금 머릿속에는 갖가지 단어들이 떠올랐다. 질투, 유쾌함, 사람 좋다는 말, 잘해주면 무시당한다는 말까지도. 쏙쏙 가슴에 박히는 그런 날이다. 이용하고, 이용당하고, 버려지고, 호기심에 들추었다 아니다 싶으면 닫아버리는 수많은 눈과 입.

나는 누군가에게 그런 사람인 적이 없었나 되돌아본다. 그래, 모두에게 다 좋을 수 있나. 모두를 다 만족시킬 수 없고 나 역시 좋아하는 것과 싫어하는 것이 분명한데. 보이는 것이 전부인 것 같아도, 보이는 것이 전부인 것처럼 다들 행동해도, 보이지 않는 곳에 누군가 말 못한 진심이 숨어 있고 전해지지 못한 따스함이 고스란히 마음을 데우고 있을 거라고 나는 자기최면을 건다.

"좋은 게 좋은 거야."라고 이야기한다. 조금 손해를 봐도 조금 언짢아도 조금은 불합리해도 서로 기분 상하지 않으려 삭히는 우리들. 그럴 때 되뇌는 한마디.

　　　'그래, 좋은 게 좋은 거야. 나만 참으면 그냥 지나가는걸.'

문제는 그런 경우가 허다하게 많아 나를 "참는 사람"으로 만든다. 대체 뭐가 좋은 게 좋다는 건지 이제야 의문이 든다. 정작 내가 괜찮지 않은데 누가 좋은 게 좋은 거라는 걸까?

짚고 넘겨야 할 문제는 확실히 해야 한다. 아닌 건 "아니다."라고 이야기할 수 있어야 하고 내가 잘못한 부분은 인정하고 사과하고 시정할 수 있어야 한다. 내 상처를 어루만져주고 안아줄 수 있어야 한다. 그러니 "아닌 건 아니지만, 서로 용서하는 마음 한 칸은 늘 비워두자."라고 말했으면 좋겠다.

반대로 좋을 때, 사랑할 때, 황홀하고 근사할 때 나는 누군가에게 요구할 권리가 있었으면 좋겠다. "좋은 게 이렇게 좋은 거야."라고 말할 수 있었으면 좋겠다.

어쩔 수 없이 남의 인생에 끼어들어야 할 때가 있다. 지금 내 인생도 제대로 굴러가는지 잘 모르지만 그럼에도 뻔히 불구덩이로 치닫는 모습을 보고 모른 척하기가 어렵다. 내가 먼저 걸어가본 길이라면 더 도움이 될 조언일지도 모른다. 사실 오지랖이라는 것을 잘 안다. 왠지 요즘은 서로의 거취를 묻는 일도 조심스러워져 겉만 빙빙 도는 대화를 주고받기만 한다. 덜 친해서, 또는 많이 친해서의 문제라기보다 친구의 성향을 잘 아는 사려 깊은 사람들의 배려라고 생각한다.

누구에게나 인생은 '대학입시, 취직, 시험 결과, 결혼, 아이 문제 등' 쉼 없이 뛰어도 자꾸만 다가오는 허들 넘기다. 마치 사회가 정해놓은 인생의 발달 과업을 이루지 못하면 낙오자, 패배자로 스스로를 미워하게 만드는 지금. 뛰어가다 허들 몇 개 넘어뜨려도 괜찮다고, 넘어져서 좀 누워 울면 어떠냐고 그렇게 나는 당신 인생에 끼어들어 꼭 이야기해주고 싶다.

감정을 읽는 촉수가 있다. 상대의 말투, 음성, 억양, 강세, 속도, 고저를 미세하게 읽어낸다. 상대의 미세한 얼굴 근육의 변화를 감지한다. 그러고는 기분을 추측하고 그에 맞는 행동을 취하는데 이 과정은 1초 이내에 모두 발생한다. 물론 상대의 감정에 예민한 사람일 경우에 말이다. 그런 것에 둔할수록 세상살이가 편하지 않을까 넘겨짚어 본다. 마치 도로 위의 자동차 속 나와 같다. 교통법규를 준수하며 교통 흐름에 맞추어 내 갈 길 잘 가고 있음에도 불구하고 어딘가에서 울리는 클랙슨 소리에 괜히 움찔하여 여기저기 둘러보는 내 모습.

어색하고 불편한 분위기에서 왜 그 책임을 나 혼자 지려 했을까. 멋대로 감정을 표출해대는 너를 두고 왜 내가 그 책임을 지려 했을까. 필요할 때만 찾고 힘들 때만 찾는 감정 쓰레기통에 모자라 왜 그 쓰레기통을 내가 청소하고 있을까. 거절, 거부할 줄 아는 것도 능력이다.

같이 개울가에서 도랑을 치고, 바닷가에서 모래성을 쌓았던 어린 시절 속 친구가 장가를 간다고 한다. 그래봤자 어린아이 시절만 함께했을 뿐, 큰 공감대가 없어서 그러려니 했었다. 그런데 매년 봐오던 누군가의 결혼보다 더 크게 와닿는 이유는 왜일까? 기억에 남아 있는 그 친구가 여전히 일곱 살에 머물러 있기 때문일까. 그 친구는 왜인지 영원히 일곱 살의 모습일 것만 같았나 보다.

기억은 쉽게 왜곡되고 자기 멋대로 오려붙여져 나에게 유리한대로 저장된다. 그래서 나는 나의 기억을 신뢰하지 않는다. 시간이 오래 지날수록 신뢰가 급감하는 것이 바로 '기억'이다. 오래된 친구의 장가 소식에 기억을 더듬는 내 모습을 가만히 두고 봤다.

'아, 저 친구는 벌써 자리 잡고 가정을 꾸리네. 언제까지나 같은 꼬마가 아니구나.'

결국 내 얘기가 있었다. 내 친구의 결혼 소식에 나는 나를 만났다.

무기력한 날이다. 서울에는 눈과 비가 섞여 내렸다고 한
다. "네 무기력이 어디서 오는 것 같아?"라는 질문에 똑
떨어지는 대답을 할 수 없었다. 이럴 때는 밖에 나가 달
리기를 종종 했었는데, 의지만 가득할 뿐 이불 안에 접착
제라도 붙여놓은 듯 몸은 움직이지 않았다.

'정신이 먼저인가, 몸이 먼저인가'를 고민했다. 정신이
무기력해져서 몸을 잠식시키는 것인지. 몸이 피곤해서
정신까지 잠식해버리는 것인지. 이 순서를 알면 마치 금
방이라도 무기력을 해결할 수 있을 것 같았다. 얕은 수면
상태가 스위치를 켰다 껐다 하듯이 유지되었다. 계속되
는 꿈속에 나는 서울의 밤거리에 있었고 길거리에서 상
자에 토끼를 담아 팔던 노점상이 단속원에게 잡혀 체포
되고 있었다. 그 틈을 타 토끼들이 모두 사방으로 탈출했
는데 나는 그 순간 미소를 띠며 잠에서 깼다.

무기력을 이기는 것은 속박하는 것들로부터의 자유인가.

시대에 휩쓸려 사라져가는 것들이 있다. 부산 서면이라 하면 "우리 동보서적 앞에서 보자."가 불문율 같았던 시대가 있었다. 동네서점이지만 없는 책이 없었고 약속 시간을 기다리며 책을 구경하고 사기도 했던 곳. 그런데 인터넷서점이 자리 잡고 자연스레 도태되어 어느 날 사라졌다. 시대의 흐름에 휩쓸려 사람들의 추억 속에만 남게 되었다.

흘러가는 시간에 버티지 못하고 함께 가버리는 것들이 또 얼마나 많을까. 어리석은 질문이니 다시 물어야겠다. 시간의 흐름 속에 대체 살아남아 있는 것은 무엇일까. 젊음도 가고 청춘도 가고 인연도 가버리고, 사랑하는 부모님도 떠나실 테니 '지금의 나'는 언제까지 남아 있을까. 어쩌면 흐르는 것이 당연한데, 뭘 그리 붙잡고 싶은가? 우리의 약속 장소였던 '동보서적'도 영원할 수 없었던 것인데. 욕심은 아니었을까. 지나가고 변하는 것을 우리는 왜 쉽게 받아들이지 못할까. 원래 흘러야 하는 것인데 말이다.

사람의 인성은 아주 사소한 것으로부터 드러난다. 너무도 사소해서 본인은 아무 문제가 되지 않을 거라 생각하는 것. '그까짓쯤이야. 그럴 수 있지 뭐' 또는 '내가 그 정도 요구도 못해?' 하는 것들. 소위 말하는 '내가 난데?' 하는 마음자리 같은 것.

어디선가 본 글인데, 배려심이란 문을 열고 나갈 때 뒷사람을 위해 그 문을 잡아주는 거라고 하더라. 뒤따라오는 누군가가 다치지 않게, 편하게 나올 수 있게 잡아주는 일은 '혹시 내가 한 말, 행동으로 상대에게 피해가 되지는 않을까. 상처를 주진 않을까' 한 번 더 생각해보는 행동일 것이다. 나 역시, 누군가에게 의도치 않은 이기심을 부리고 상처를 줬으리라 반성한다.

어느 정도의 조화가 필요하다. 내가 가진 권리는 행사하되, 절대 상대를 허투루 보지 말아야 한다고. 마음껏 자유롭되, 상대에게 상처를 줘선 안 된다.

"시간아, 조금만 기다려줘."

하기 싫은 일을 미룰 때, 시간이 있으니까 그때 가서 하자고 당장의 것을 취한다. 무언가 얻기 위해서는 무언가를 반드시 잃어야 한다고, 그것이 세상의 이치라고들 한다. 그런데 잃은 것만 잔뜩 보여도, 잃었으니 마땅히 얻은 것도 있을 것이다.

나의 가치를 고작 시험 하나로, 누군가의 판단 하나로 평가절하 하고 싶지 않다. 나도 여전히 나를 잘 모르고, 내면 속 자아를 찾아가는 중이다. 어떻게 좋게만 또는 나쁘게만 그리고 쓸 만한 사람인가 아닌가를 판단할 수 있을까. 그래서 나는 유일하게 믿을 수 있는 '시간'에게 나를 내어 준다. 닳고 닳아 시간을 물들여가며 나만의 색을 만들고 나면 사실상 잃은 것은 단 하나도 없다. 겪고 부딪혀서 만드는 우리 각자의 삶에 대체 잃을 것이 무엇일까. 나의 색깔은 내가 정하고, 나의 가치는 내가 정한 시간 속에서 묻어난다.

하루하루 버티며 살아본 경험이 있는 사람. 죽지 못해 사
는 시간을 보내본 사람. 그러다 모든 것이 괜찮아졌을
때, 괜히 불안을 느껴본 적이 있는 사람. 특정 누군가의
이야기 같아도 조금만 관심을 가지고 들어보면 누구에게
나 한 번쯤 있었던 어두운 터널 속 이야기이다.

누군가 인생은 그야말로 버티는 거라고 했다. 괜한 궁금
증이 생겼다.

　　**'버티지 않으면 어떻게 되나요? 그냥 주저앉으면 그 인생
　　은 거기서 끝인가요?'**

얼마든지 주저앉을 수 있다. 사람마다 고통을 참아내는
능력이 다르게 주어졌으니 모두에게 채찍질하며 경주마
처럼 단련시킬 것이 아니라 혹여 쓰러지고 포기하고 주
저앉아버려도 패배자 낙인을 찍지 말아야 하는 것이다.

나는 버티고 버텼다. 그리고 결국 백기를 들었다. 주저앉
아버렸다. 나는 패배자일까. 피를 토하며 버티는 당신은
승리자인가. 이 게임 속 우승자는 관람객이 아닐까. 쓴웃
음이 나온다.

우리는 때로 익숙한 곳에서 상처받고, 낯선 곳에서 위로 받는다. 그래서 나는 아무도 나를 모르는 곳으로 떠나고 싶었다. 익숙하고 가까워질수록 서로에게 쓴 말만 내뱉는 관계에 결국 지쳐버렸다.

"가족이니까 그런 말하지."

"나니까 너한테 이렇게 말해주지."

나는 이런 말들이 폭력이라 생각했다.

지난여름에 나를 아는 사람이 아무도 없는 곳에 가서 두 달을 지냈다. 게임을 리셋 하듯 컴퓨터를 재부팅 하듯 말이다. 그런데 낯선 곳에서도 관계가 만들어지고 자질구레한 정이 생겼다. 익숙한 곳이 되고 내게 상처를 줬다. 나는 그곳을 떠나야 했다.

나를 모르는 곳으로 떠나고 싶은 마음이 자꾸만 요동치는 이유는 무엇일까. 관계 유지와 사회적 가면 놀이에 피로와 권태를 느끼기 때문은 아닐까. 관계를 원하지만, 깊어질수록 떠나야 할 때를 직감하는 일은 매우 슬프다. 그럼에도 한 가지 다짐할 것은 그 속에 나를 진정으로 믿어

주는 사람들이 있으니 그들의 사랑과 위로를 잊지 말아
야 한다.

12월, 상처와 성숙

그럼에도 더 나은 하루가,
더 나은 해가 되기를
바라는 마음을 담아 인사하다

책에 쓴 글 속 나와 일상 속의 나는 종이의 양면처럼 다르다. 고백하자면, 글 속에서 드러나는 내 모습은 내가 만든 이상향이면서도 꽁꽁 숨겨 절대 보이고 싶지 않은 불안정하고 불완전한 모습이기도 하다. 무엇 하나만 콕 짚어 '나'라고 할 수 없다. 각각의 조각이 모여서 지금의 나를 만들어가는 중일 테니까.

있는 그대로 사랑받고 싶다. 나에게도 여러 모습이 있듯이 나를 만나는 당신의 여러 모습을 모두 그대로 인정하고 편안히 받아들이고 싶다. 아마 그러기 위해서는 '절대적 신뢰'가 형성돼야 하지 않을까. 그런 사랑, 할 수 있을까.

'몰랐어'라는 말로 용서받을 수 없는 일도 있다. 대개는 "모르면 실수할 수 있다. 이제 알면 된다."라며 용서하거나 위로한다. 그러나 몰랐다는 허울 좋은 명분으로 가볍게 지나가지 못할 일들도 있다. 특히 사람의 마음과 관련된 일이라면. "널 세워놓고 타박을 준 게 그렇게 상처가 될지 몰랐어." 또는 "네가 그런 말에 그렇게 예민하게 반응할 줄 몰랐어." 같은 일들. 겉으로는 그래, 모를 수 있지 하면서 속에 담긴 말과 기억은 멍든 채로 시간이 지나가기만을 기다리게 된다. 사실 몰랐다고 말하는 것 자체도 어려운 일이다. 몰랐다며 인정하는 순간 상대에게 약점을 잡히는 일이라 생각하니까 말이다.

나는 최근에 잘못을 인정한 적이 언제였나. 잘못을 시인하면서 뭐라고 운을 뗐었나. 진정 몰라서 잘못한 일이라도, "내가 잘 몰랐어." 뒤에 따라오는 말에 얼마나 진정성을 담아 건네느냐에 따라 대화의 방향이 결정된다.

"네가 생각하는 게, 내가 생각하는 거야. 우리 생각은 크게 다르지 않아."라고 당신은 이야기했다. 당신이 보고 싶을 때, 당신 역시 내가 보고 싶을 거라 생각하니 위안이 되었다. 발가락에 묶여 있는 홍실이 우리 서로에게 이어져 있을 거라 생각했다. 하지만 역시 내 멋대로의 착각이었다.

그럼에도 여전히 한구석 빈틈에 당신을 끼워놓고 살았다. 내가 생각하는 것이 당신이 생각하는 거라면, 나 역시 당신의 마음 한편에 자리 잡고 있을 거라 넘겨짚었다. 미련이었다. 헛된 기대감 앞에 무너졌다.

이제 우리는 명확히 다른 사람이 되었음을 느낀다.

끊어졌다. 드디어.

빨간 실도, 내 생각이 당신 생각이라던 우리만의 주파수도. 그렇게 끝. 아끼던 물건을 잃어버려도 며칠은 찾고 생각이 나는데. 사람 사이의 일이란 기억을 도려내지 않는 한, 평생 옅어지고 옅어질 뿐 결코 지워지지 않는다.

눈동자가 밖을 향해 있는 우리는 사는 내내 나 이외의 것
에만 집중한다. 거울은 바라본다 한들, 찍힌 사진 속 내
모습을 본다 한들 내 진정한 참모습은 보기 어렵다.

나와 당신은 마주 앉아 있었다. 나는 고개를 숙인 채 나
를 되돌아보고 있었고, 당신의 눈동자는 그런 나를 똑바
로 응시했다. 당신은 나의 문제점을 온통 쏟아냈다. 그때
는 미처 몰랐다. 내 약점을 애써 들추는 당신 앞에서 충
고해줘 고맙다고 해야 할지, 듣고 싶지 않으니 이런 내가
싫다면 이제 멀어지자고 해야 할지.

고개를 푹 숙이고 눈물 떨구던 그날의 나를 지금의 내가
가서 괜찮다고 꼭 안아주고 싶다. 범죄를 저지른 것도,
다른 사람에게 피해를 준 것도 아닌데 당당하라고 이야
기하고 싶다. 다른 사람의 말과 행동을 분석하고 자기 기
준에서 떠들기 좋아하는 사람들. 그 말에 자존감이 다치
고 뭉개져 자기 자신을 책망하고 미워하는 사람들. 우리
는 동시에 두 모습을 가지고 있지만 둘 다 정답이 아님을
안다. 상처는 주지도, 받지도 말자.

감정에 솔직해지자고, 지금까지 감정을 숨기고 억누르느라 돌보지 못한 나의 내면에 나는 미안해해야 한다. 솔직해야 하는 것은 감정이지, 구구절절한 내 사연이 아니다. 이러쿵저러쿵한 개인 사정에 남들은 큰 관심이 없다. 단지 자극적인 이야기에 흥미를 느낄 뿐이다. 더구나 나에게 일어난 비극이 누군가에게는 희소식이 되기도 하더라. 그렇지만 감정까지 숨길 필요는 없다. 나는 감정과 사실을 잘 구분하지 못했다. 감정을 드러내기 위해서는 전제가 된 사실을 이야기해야 했다. 감정 하나만 바라보고, 다독이고, 이해해줄 수는 없었을까?

사람들은 묻는다.

"왜 그래?"

"무슨 일이야? 왜? 왜?"

감정, 지금의 상태에 대한 상대의 불편함보다 '사실', '사건'에 주목하는 사람들. 그리고 돛 단 듯 퍼져나가는 이야기.

다시 나는 나를 돌아본다. 사실이나 사건을 묻지 않고 누

군가의 기쁘고, 슬프고, 아프고, 초조하고, 두려운 감정을
그 자체로 봐줬던가, 나는 진짜 위로가 되어줬던가.

사랑받기 위한 사랑은 끝없이 외롭다. 사랑받기 위해 누군가를 사랑한다면 영원히 사랑받지 못할지도 모른다. 조건 없이 주는 마음은 외롭지도, 억울하지도 않다. 그런데 마음은 또 너무도 간사해서 사랑을 준 만큼 받고 싶어 한다. 내가 또다시 누군가를 사랑한다면 돌아오지 않는 사랑에 연연하지 않을 수 있을까. 그러지 못한다면 나는 끝없이 외로움에 허덕여야 하는 것일까.

문득, 날 향해 "나 사랑해? 나 얼마나 사랑해?"라고 묻던 당신 생각이 났다. 밑도 끝도 없는 질문에 나는 지쳐갔고 그럴수록 당신은 더 짙은 외로움을 느꼈다. 사랑받지 않아도 충분히 행복한 사랑을 찾고 싶다. 사랑하지 않아도 지금처럼 온전한 내가 영원했으면 좋겠다. 한 사람만을 구속하듯 담아놓던 마음에 얼마간 거리를 두기로 한다. 사랑하는 여럿을 마음에 담고, 바라는 것 없이 사랑을 건네는 일만으로도 이렇게 행복하다.

좁은 장소에서 나누는 이야기는 어쩔 수 없이 그 장소에 있는 모두와 공유하게 된다. 듣고 싶지 않아도 귀에 들어와 그들의 관계를 짐작하게 하고 그들의 대화에 공감하기도 반감을 가지기도 한다.

오늘 우리는 좁은 곳에서 빨간 볼을 하고 추위에 발 구르는 여고생들을 보았다. 친구관계, 먹을 것 등 수다를 떠는 모습이 낯설지 않아 흐뭇하게 바라보았다. 그러면서도 동시에 '영원할 것 같지만 영원하지 않은 관계'에 대해 생각했다.

우리는 그럴싸한 말을 대며 서로의 무관심을 두둔한다. '거리가 멀어져서, 학교가 다르니까, 연애를 시작해서, 회사 일로 바빠서.' 현실적인 핑계들로 말이다. 분명 환경이 달라지면 만나는 사람들의 색깔도 달라진다. 그러나 관계를 이어가고자 하는 '마음'이 있다면 전화 한 통의 노력으로 얼마든지 이어갈 수 있으리라.

세상에 당연한 관계는 존재하지 않는다. 관계는 누군가의 노력으로 이어진다.

불행이 내게 닥쳤을 때 내 모습은 언제나 발가벗겨진 듯 부끄럽고 수치스러웠다. 그래서인지 불행은 가식적이지 않고 진솔하다. 때로는 남의 불행에 무관심한 태도가 고마울 때도 있다. 겉으로 보이는 것만으로는 타인에 대해 아무것도 알 수 없다. 자기 자신이 아닌 이상 그 어떤 상황도, 심정도 추측하기는 어렵다. 누군가 진심으로 불행을 내비쳤을 때, 오히려 따뜻하게 느껴질 때도 있다. 남의 불행이 따뜻하기까지 한 이유는 나 혼자 험한 길을 걷고 있다가 더 무거운 짐을 진 동행자를 만났기 때문일까. 우리는 다 같이 불행한 것은 괜찮아도 혼자 불행한 것은 잠시라도 참지 못한다.

어린 시절이 떠오른다.

　　"엄마, 우리 반에서 나만 휴대전화가 없단 말이에요."

당신의 자식이 무리 속에서 혼자 불행하다는 말에 마음이 많이 불편하셨을 부모님. 조그만 손에 전화기를 쥐어 주셨다. 지금도 여전하다.

　　"아빠, 내 친구 중 취직한 친구가 개 하나예요. 다 공무원

아니면 이력서 쓰고 있어요."

당신의 자식이 무리 속에서 다 같이 불행하다니 이건 어
딘가 부모님께 위안이 되는 일일까.

사랑한다면 그 사람이 원하는 일을 하는 것도 좋지만 싫어하는 일을 하지 않는 것이 더 좋다고 한다. 나는 내 입장에서만 생각했다.

"이거 선물해주면 좋아할 것 같은데?"

"이 이야기를 들려주면 그 친구가 더 나은 선택을 하지 않을까?"

온통 내 기준에서의 행복이었다. 물론 도움이 되었으면 하는 마음에 선물을 준비하고 전해야 할 아픈 이야기를 입에 담았다. 그런데 정작 상대가 원하는 것이 무엇인지, 상대가 나에게 바라는 것이 무엇인지 깊이 생각하지 못했다.

살아가면서 그런 일들이 가끔 생긴다. 좋은 마음으로 건네는 것이 독이 되어 다시 나에게 돌아오는 일. 상대의 처지를 한 번 더 생각하지 못한 나의 잘못일까. 조금 더 넓은 아량으로 진심을 파악해주지 않는 상대의 잘못일까. 적극적인 표현보다 가만히 상대의 불편을 챙기고, 고요한 주변을 만들어주는 것이 사랑이 될 때가 있다.

말에도 행동에도 타이밍이 있다. 이것들이 모여 인연의 타이밍을 만든다. 제때 해야 할 말을 하지 못하면 그 말의 효용은 떨어진다. 행동 역시 제때 하지 않으면 오해를 만들거나 더 큰 화를 키우기도 한다.

'내 속마음은 그렇지 않은데, 언젠가는 알아줄 거야.'

'아, 시간이 지나면 괜찮아질 거야. 부끄럽고 쑥스러워서 지금은 못 해.'

이런 마음들로 우리는 때를 놓치며 산다. 말도 때로는 퍼즐 같아서 딱 맞아떨어지는 상황에 쓰이면 효과가 두 배가 된다. 반면 자리가 맞지 않는 홈에 억지로 반복해서 끼워 넣다 퍼즐 조각이 부러지듯, 의미 없이 반복될수록 상대에게 듣기 싫은 소음 같은 말이 된다.

그 적당한 '때'를 누가 알려주면 얼마나 좋을까. 그렇게 떠나버릴 줄 알았다면 미리 안부 전화라도 했을 텐데. 그렇게 마음앓이를 할 줄 알았다면 품에 한 번 더 꼭 안아 줬을 텐데. 두 눈 마지막으로 한 번 더 마주쳤을 텐데. 지나간, 사라진 사람들을 두고 남은 말을 되뇐다.

성숙도는 사람마다 다르다. 그리고 '내가 성숙해졌구나' 스스로 느끼는 일은 시간이 한참 지나고 난 뒤에야 일어난다.

3년 전 그때의 나는 성숙하지 못했다. 우스운 일은 당시의 내가 스스로 매우 성숙한 사람이라 자부했다는 사실이다. 실은 그저 하나의 사건이나 대상을 두고 '좁게 보고 집착하며 의미를 부여하는 일'에 몰두했을 뿐이었다. 그때는 몰랐다. 그게 얼마나 스스로와 상대방을 피곤하게 하는 일인지.

이후 3년은 마치 폭풍처럼 지났다. 예상했던 모든 일이 수포로 돌아갔고 그 덕에 쓴 글은 책으로 출간되었다. 이 모든 것은 상황이 달라졌을 뿐이라고 여겼다. 내가 얼마나 변했을지 생각해본 적 없었다.

오랜만에 여전히 사랑하는 당신을 만났는데, 당신이 내게 그랬다.

> **"사랑했던 그때의 너는 좁고 촘촘하고 예민해서 오히려 대하기 불편했었는데. 이제는 더 편하게 느껴져. 깊고 또**

더 넓어진 것 같아."

타인의 입을 통해서야 '나'의 객관적 변화를 전해 들었
다. 아마 3년 뒤에는 더욱 달라진 내 모습이 나를 기다릴
것이다.

적당한 거리 두기와 감정을 차분히 가라앉히는 시간은
꼭 필요하다. 도덕 시간에 배웠던 '중용'이 살아가면서
이렇게나 중요한 개념일지 미처 몰랐다. 요즘은 매일같
이 중용에 대해 생각하며 감정을 다스리곤 한다. 넘치지
않으면서 모자라지도 않게. 일을 할 때, 사람과의 관계를
만들어갈 때, 심지어 맛있는 걸 먹을 때나 다이어트를 할
때도. 마음은 정반대이더라도 우리는 '적당히'를 갖다 댄
다. 그렇지만 실천은 결코 쉽지 않다.

나는 항상 적당함의 끝에 꼬리표처럼 따라다니는 '미련'
이라는 녀석이 눈에 걸렸다. 적당히 하다 보니 늘 뒤가
찝찝했다. 적당히 사랑할 수 있을까? 적당하게 살아갈 수
있을까? 애초에 적당함이란 '대충대충'의 다른 말일까?
후회와 미련이 남지 않아야 언제든 이 삶을 편히 내려놓
을 수 있다. '적당함'과 '대충'의 차이, '최선'과 '지나침'
에 대해 저울질하는 하루다.

버티며 사는 것은 비단 내 인생만이 아니다. 우리는 개인
의 삶 속에서 버텨내는 것뿐만 아니라 내가 속한 가족,
사회의 구성원으로서 함께 버틴다.

어려서 뭘 잘 모를 때는 눈에 보이는 것이 전부라고 생각
했다. 내 친구의 집은 볼 때마다 웃음이 넘치고 즐거우니
화목하다고, 아버지께서 매번 화를 많이 내시는 저 친구
집은 엄격하고 무서울 거라고 말이다. 보이는 것은 그렇
다. 다들 행복하고 화목한 척해야, 책잡힐 일 없을 거라
고 믿는다. 어디 가서 우리 자식들 피해라도 입을까 화목
한 척하는 가족들. 조금 시간이 지나 알게 되었다. 세상
에는 티끌 하나 없는 가족이 없고 그저 어디에서나 볼 수
있는 사람 사는 이야기였다. 완벽한 가족은 동화 속에서
나 나올 법해 멀게만 느껴진다.

조금씩 티끌이 묻은 수많은 가족들이 그럼에도 해체하지
않고 함께 살아가는 이유. 그것에 대해 고민하는 밤이다.

어느 무리든 나와 찰떡같이 맞는 사람이 있고, 이상하리만큼 나와 결이 다른 사람이 있다. 학교를 다닐 때도 그랬고 사회생활에서도 그랬다. 어쩌다 일회성 모임에 참석해서 몇 마디 나누지 않아도 귀신같이 느껴졌다. 서로 잘못된 것이 아니라 다를 뿐이라는 걸 인정하면 된다. 그러나 예전의 나는 다름을 불편함으로 받아들여 괜한 오해로 더욱 어색한 사이를 만들기도 했다.

언제, 어디에서, 누구와 마주칠지 모른다. 집 근처, 자주 가던 돈가스 집에서 대학 시절에 밋밋한 관계를 지속하던의 친구들과 밀착해서 앉게 되었을 때, 그 기분이란. 돈가스가 코로 넘어가는지 귀로 넘어가는지도 모를 정도였다. 용기가 부족했던 걸까. 자격지심이었을까. 서로 얼굴을 알면서도 애써 인사하지 않는 수많은 관계들. 흘러버린 시간만큼 굳어버린 마음을 내가 먼저 허물기가 그리 어려웠을까. 어쩌면 상대는 신경도 안 쓸 일을 혼자 돌아보고 있는 것일까.

질투는 건강한 감정이다. 애정이 없으면 질투도 안 나지. 사랑받아도 그만, 안 받아도 그만이라면 그러든지 말든지 하겠지. 전에는 미련이나 관심의 척도를 '질투가 나느냐, 아니냐'로 따지기도 했다. 내가 만났던 그 사람에게 새 연인이 생겼다는 사실을 알고 질투나 씁쓸함이 느껴질 때. 그것이 미련이라는 것을 알았다.

사소한 일에도 질투를 한다. 내 친구가 나와 함께 있는 또 다른 친구에게 먼저 연락했을 때. 괜스레 소심한 질투를 한다. 질투할 수 있는 마음은 누군가를 애정하고 있다는 반증이자 사랑받고자 하는 욕구를 보여준다. 그래서 나는 질투하는 사람들이 매우 사랑스럽다. 매우 건강해 보인다. 질투를 느끼지 못했던 그때의 나는 건강하지 못했다. 새삼 느낀다.

오늘 나는 질투를 느꼈다. 나보다 더 매력적인 사람들에게 쏟는 관심에 질투가 났다. 사랑받고자 하는 욕구가 샘솟는 것을 보니 모든 것이 그런대로 괜찮은 요즘인가 보다.

물리적인 시간은 내게 부질없다. 언젠가 '시간의 밀도'에
대해 이야기했었다.

> **"얼마나 깊고 진한 순간, 순간을 보냈는가. 그 속에서 얼**
> **마나 달라지고 성숙했는가. 얼마나 타인을 이해하고 공**
> **감하며 함께 아파할 줄 아는가."**

내가 생각하는 시간의 흐름이란 이런 것이다. 자기 손가
락이 아파봤다면 남의 손가락도 볼 줄 아는 '그 마음'이
자라는 시간. 나이만 든다고 다 어른이 아니다. 오래 만
났다고 다 진실된 사랑일까. 짧은 시간 속에 느낀 진심과
흘린 눈물은 거짓일까.

똑딱똑딱 누구에게나 흐르는 시간에 이름을 붙이고 의미
를 두는 일은 다른 못난 것을 숨기려는 건 아닐지 생각했
다. 살아온 시간보다는 살아온 깊이가 중요하다. 어른이
라 자부하는 사람은 너무 아집이 강해진 나머지 자신을
돌아보지 못하고 자기 눈을 가려버린다.

17살의 어른, 47살의 철부지를 생각해본다. 나는 어른이
되고 싶다. 나이 말고 마음 깊이로 말하는 어른이.

함부로 살지 말아야겠다고 또 다짐한다. 내가 얼마나 귀한 사람인지 안다면, 지나가버리는 이 순간이 얼마나 빛나는지 안다면 결코 함부로 살 수 없다. 할 수 있는 것인데 안 하고 있지 않은지, 관계 속에서 미움받기가 두려워 내가 나를 존중하지 못하고 있는 건 아닌지.

함부로 산다는 것은 내가 나를 충분히 사랑하지 않는 것이다. 당신은 나더러 여리고 착해빠져서 아직 어른이 아니라 그랬다. 모두가 다 나를 좋아할 수 없는 일이다. 나는 모두를 만족시킬 수 없다. 그럴수록 내가 나를 지켜야 한다. 혹시 상처받고 놀랐을 마음을 내가 달래줘야 한다. 나를 버려가면서 함부로 살지 말자.

하지만 아무리 이렇게 쓰고 되뇌어도 잘 되지 않는다. 내 천성 때문일까. 고착된 성격 때문일까. 그럼에도 '말의 힘'을 믿는다. 말하고 쓰다 보면 아주 조금씩은 내가 더 나은 사람이 되지 않을까. 할 수 있는 일은 바로 해버리는 내가 되지 않을까 하며.

지금 내 주변 인간관계에 목맬 필요가 없다. 하나하나의 관계가 소중하지 않다는 말이 아니다. 20년이 넘은 관계도 단 한순간에 남이 되어버리는 걸 보면, 굳이 애써 품으려 하지 않아도 된다는 것이다. 관계에 회의를 느낄 때가 많았다. 내가 좋아하는 사람의 마음이 좀처럼 내 마음과 같지 않을 때. 나를 미워하고 쓴소리하는 사람과의 관계를 어떻게 풀어나가야 할지 막막할 때. 그럴 때면 마음을 잠시 비우고 관점을 바꾸어본다.

어차피 죽을 때까지 인간관계는 늘 새롭게 만들어가는 것 아닌가? 새로운 사람을 만나게 되고, 어떤 옛사람과는 잠시 멀어지기도 하고, 또 어느 날 갑자기 멀어졌던 옛사람과 친해지기도 하고. 그 일련의 과정을 받아들이는 건 어떨까. 멀어져가는 인연에 너무 속상해하지 말고, 또 다가올 인연에 진심을 가득 담아 함께하는 그 순간이 즐거우면 그만 아닐까.

헤어질 수 없을 것 같았다. 헤어졌음에도 나는 영원히 당신을 사랑할 수밖에 없다고, 늘 당신을 그리워했다. 당신이 컴퓨터를 잘해서 당신 말고는 눈에 들어오지 않았고, 농구와 축구를 잘하는 당신이라 그 누구도 만날 수 없었다. 친구는 나에게 말했다.

"컴퓨터는 수리점에 맡기면 되고, 운동이야 좋아하는 사람이 얼마나 많은데. 아니면 나랑 같이 하러 가면 되지."

그래, 컴퓨터나 운동이 무슨 대수야. 사실 진짜 이유는 따로 있는걸. 무슨 일이 있어도 내 편이 되어주는 사람이니까. 어떤 모습이든 따뜻하게 마음으로 안아주는 사람이니까. 다시 그런 사랑할 수 있을까 두려워서 혼자 손을 놓지 못하는 것이다. 우리는 왜 헤어졌는지 서로가 잘 모르고 있다. 헤어진 지 2년 하고도 1년이 더 지나도 서로의 안부를 묻고 지내며 새로운 사랑을 시작하지 못하고 있었다. 그런데, 속상하게도 또는 속 시원하게도, 엊그제 만난 당신을 뒤로하고 난 다시 새로운 사랑을 만날 용기가 생겼다. 당신에게서 자유로워진 나를 보았다.

새해 인사를 많이 주고받는다. 사실, 해가 바뀌는 것에
는 무던해진 지 오래되었다. 매일 뜨는 해와 똑같은 해
다. 붉은색, 동쪽에서 뜨는 것. 어제 뜬 해와 비슷한 시각
에 말이다. 큰 의미를 두지 않게 된 계기는 단순했다. 지
구 반대편에 가 있다고 가정해본 것이다. 시차에 따라 다
르게 오는 새해의 순간들이 어떤 의미를 가질 수 있을까.
나는 새로운 해를 맞이하고, 당신은 작년의 끝에 머물고
있는 그 순간이 재미있다고 생각했다. 모든 것에는 의미
를 부여하기 나름이다.

2017년을 정리하고 2018년을 계획한다. 해가 바뀐다고
묵은 성격과 습관, 천성이 바뀌지 않는다는 걸 우리는 잘
안다. 그럼에도 모두가 희망적이고, 건설적이다. 더 나은
하루가, 더 나은 해가 되기를 바라는 마음을 담아 서로에
게 인사한다.

"새해 복 많이 받으세요."

해가 바뀌는 일에 감흥이 없는 나지만, 새해이기 때문에
건네받는 저 말이 참 예쁘다. 타인의 복을 비는 인사. 뻔

한 "행복하세요."보다 예쁜 말. "내일도, 모레도 복 많이 받으세요."가 좋다.

1월, 익숙해지는 시간

마음 아픈 지금 이 순간,
그래 이 또한 지나가니까

나만 참고 있다고 생각한 적이 있다. 나만 불편하고 나만 어색하다고. 나만 어렵고 나만 외롭다고 말이다. 다들 친구도 많고 원만해 보이니까. 직장에서 월급 받으며 잘 지내니까. 웃으면서 이야기 나누는 모습에 더 힘든 티를 내지 말아야겠다고 생각했다.

그런데 조금 더 친해지면서 각자 속 얘기를 했다. '힘들다고, 외롭다고, 어렵다고' 했다. 거기까지는 모두 사람 사는 이야기다. 다만 사소한 것에서부터 대응방식, 대처 방법이 달랐다. 다른 사람에게 털어놓으면서도 동굴을 깊이깊이 파는 사람이 있는가 하면, 이야기를 나누면서 긍정적으로 생각하고 웃어 넘겨보려는 사람이 있다. 전자의 이야기를 듣고 나면 내가 감정의 쓰레기통이 된 것 같지만 후자의 이야기는 덩달아 나 역시 용기를 얻는다. 말은 마음의 옷 같다. 예쁘지는 않아도 더럽지 않아야 하고 향기가 나지는 않아도 악취를 풍겨서는 안 된다.

오지랖은 상대가 바라지도 않은 나만의 호의에서 시작된다. 나는 종종 불의의 상황을 목격하곤 했다. 예컨대 친구의 애인이 다른 이성과 데이트를 하는 장면, 잔다고 거짓말을 하고선 낯선 곳에서 낯선 이를 찾아다니는 장면 같은 것 말이다.

그럴 때마다 수없이 고민했지만, 늘 내 행동은 하나였다. 내 친구를 사랑하니까, 상처받게 할 수 없는 마음에 솔직하게 모든 상황을 알렸다. 친구는 바라지도 않았던 걸 나 혼자 정의감에 가득 차서 호의라고 내밀었다. 오지랖이 넓었던 것이다. 그때그때 결말은 어땠었나. 내 친구에게 좋은 방향으로 흘러갔다고 나는 생각했지만, 그들은 나를 미워하기도 했다. 어불성설 같았다. 알려줘서 고맙지만, 파국으로 치닫게 만든 내가 밉다고, 좋게 이야기해주지 않아서 밉다고 그랬다. 내가 전한 건 호의였나. 오지랖이었나. 그저 내 마음 편하고자 부린 알량한 이기심이었나. 진짜 '호의'를 생각한다.

온전하고도 완전한 행복은 나 자신이 허락지 않나 보다. 조금 행복해질라 치면 눈치 빠른 자괴감 녀석이 줄줄이 우울과 두려움, 예민함을 데려와 떡하니 드러눕는다. 목욕탕에서 온탕과 냉탕을 쉬지 않고 자유로이 오가는 아주머니들을 보며, 언젠가 나도 저들과 같은 담대함을, 인내심을 가질 수 있으리라 꿈꿨다. 그러나 나는 여전히 온탕 앞에서 손가락 몇 마디를 넣어 저울질부터 한 뒤에야 온몸을 쑤욱 담근다. 냉탕은 쳐다보지도 못한다. 이런 나에게, 내 허락도 없이 드나드는 어둠의 그림자들을 무례하다 여기면서도 '그래, 그렇지, 이번엔 좀 오래간다 했어. 나에게 행복이 가당하기나 한가' 싶기도 한 것이다.

글을 쓸 때의 내가 좋다. 행복하면 글을 쓰지 않는다. 불행과 손잡아야만 하는 운명에 감사한 마음을 가져야 하는, 이 모순이 우습다.

비밀에는 두 가지 종류가 있다. 말할 수 있는 비밀과 절대 말할 수 없는 비밀. 삶을 치열하게 살아내다 보면 누구나 치욕스럽고 수치스러운 과거의 비밀이 하나쯤은 생기기 마련이다. 단지 그 비밀이라는 것은 남들에게 '그럴 수 있지'의 수준으로 허용될 때만 입 밖으로 나올 수 있다. 밖으로 나온 수치의 덩어리는 혹여 약점이 될까 눈치 보기 바쁘다. 그리고 공기와 맞닥뜨린 순간 더 이상 자신이 비밀이 아님을 깨닫는다.

어린이에게 비밀은 정말 '소중하다'. 친구와 자기 자신만 아는 이야기. 어디에 옮기면 저주라도 받을 것 같은 두려움으로 비밀을 지킨다. 나는 언제부터 비밀을 두 가지로 나누어 생각했을까. 소문이 나도 크게 문제없을 거란 생각으로 '비밀'을 구별했던 그때가 시시한 어른이 된 첫날이었으리라.

평생 나는 속에 갇힌 진짜 비밀을 터놓을 수 있을까. 내 편이라 여겼던 사람도 한순간 등 돌리면 남인데. 그 사람이 듣고 가버린 내 비밀에도 등 돌릴 수 없을까.

사람마다 사랑하는 방식은 다르다. 그 사람을 사랑하는 마음을 잘 전달하기 위해 나는 어떤 노력을 했었나, 뒤돌아봤다. 나는 받는 것보다 주는 것이 더 좋다. 그 사람을 위한 사랑 방식이라 생각했었다. 그런데 선물을 주면서 행복한 내 모습이 나는 마음에 들었던 것이다. 더 나은 내가 되기 위한 노력에만 집중했었다.

더 잘 사랑하기 위해, 더욱 깊어지기 위해 노력했을까. 고작 내가 행복하기 위해 준비했던 선물이 그 사람을 위한 노력이라고 생각했을까. 오늘은 괜한 두려움과 고민에 빠져 있었다. '나를 밀어내면 어쩌지?' 하는 이야기들. 결론은 최선을 다해 노력해보자는 것이다. 그 마음을 잘 헤아려주는 사람은 반드시 있을 거란 믿음으로. 그게 아니면 어차피 걸러질 사람이란 것을 명심하면서! 사랑에도 노력은 필요하다.

사람 마음이란 게 참 간사하지. 변덕이 죽 끓듯 하는 내 마음에 가끔은 나 스스로가 지친다. 그러다 내가 나를 미워하기 시작하면, 그 끝은 언제나 비극적이다. 생각을 많이 해서 좋을 게 없다는 말이 그래서 존재하나 보다. 신기하게도 깊이 생각하면 할수록 인간의 생각은 긍정보다 부정에 더 쉽게 이른다.

오늘 만난 당신은 참 보기 드물게 자기만의 분위기가 있는 사람이었다. 맑고, 따스하고, 배려가 넘치는 사람. 나를 위해 튤립과 리시안셔스가 가득한 꽃다발을 준비해왔다. 꽃다발을 받고 한참 눈물을 참았다. 이유는 나도 알 수 없다. 왜 소름이 돋고 감정이 복받쳤는지. 그저 나를 진심으로 알아봐준 당신에게 감사했다.

"자신의 가치를 낮추어 평가하지 마세요. 꾸준히 보고 싶어요."

당신의 말도 소용없이, 나는 집에 돌아와 부정의 비극을 달린다. 많은 정도 병이라 잠에 못 든다더니, 생각이 많아도 병이라 무력해진다.

가면이 필요한 날이 있다. 태생적으로 좋고 싫음을 잘 숨기지 못하는 나라서, 가끔은 포커페이스의 당신들이 그렇게 부러울 수가 없다. 가면이 필요한 날이 잦아질수록 나의 내면에 쌓이는 스트레스는 심해진다.

만날 때 가면을 챙기지 않아도 되는 내 사람들과 보내는 시간이 좋다. 그런 사람 한두 명만 있어도 감사한 인생이라더니. 절실히 느끼는 요즘이다. 슬퍼도 어쩔 수 없이 웃는 가면을 써야 하는 날, 하기 싫은 일을 억지로 하면서 생글생글 웃는 가면이 필요한 날, 화가 나고 기분이 나빠도 예의상 웃어야 하는 가면, 따분해도 즐거운 척하는 가면, 이 사회 속에서 필요한 수많은 가면들. 때로는 이 가면들도 참 고맙고 필요한 것들이리라.

좋아서, 당신을 사랑하는 데 숨겨야 하는 가면, 슬퍼서, 당신이 영영 떠나는데 마음 아플까 애써 웃는 가면. 이렇게 마음 아린 가면은 안 쓰고 살면 좋겠다.

'그래. 가끔은 내 마음대로 안 될 때가 있어야 제맛이지!'
하고 쉽게 웃을 수 있는 배포가 나에겐 부족하다. 특히나
돈과 관련된 문제, 시간과 관련된 일에서는 더욱 그렇다.
감사하게도 책을 2쇄를 찍게 되었는데, 나의 불찰과 더불
어 인쇄소의 실수로 이미 찍어낸 모든 책을 폐기처분하
게 되었다. 게다가 지방에 살고 있어 즉각적인 확인도 불
가능했고 그저 발 동동 구르며 기다리는 일밖에 할 수 없
었다. 돈은 두 배가 들었고 시간 역시 더 미루어졌다. 가
장 신경 쓰인 것은 미리 주문해주신 많은 분들이었다. 믿
고 주문해주셨을 텐데, 무엇보다 책을 많이 기다리실 텐
데. 마음이 무거웠다. 한 분 한 분 메시지를 드리니 모두
가 괜찮다며 기꺼이 넓은 아량으로 이해해주셨다. 정말.
솔직하게 돈! 너무 속상하고. 또 속상하다. 온종일 어깨
가 축 처져 있으니 당신이 그랬다.

"두고 봐요. 좋은 일 생기려나 보다!"

친하기 때문에 바른말을 해줄 수 있다고 생각했다. "그 옷 잘 안 어울려, 그 립스틱 색 너랑 안 맞아, 네 남자친구 별로야, 계속 그런 식으로 살 거냐" 등의 이야기. 적당히 친한 사이에서는 속으로만 생각하겠지만 친하기 때문에, 널 생각해서 해줄 수 있는 이야기라고 말이다.

이제는 그런 이야기 앞에 조금 더 뜸을 들여 생각한다. 결국 내 친구의 선택이기 때문에 그가 도움을 요청했을 때 그때 그 곁에 내가 있어주면 된다. 친하기 때문에, 사랑하기 때문에 더 듣고 싶은 이야기가 있다는 것을 우리는 간과한다.

"이유 없이. 묻지도 따지지도 않고 그냥 네 편이야."

이 말만큼 터무니없지만 든든한 말이 있을까. 내가 쓰면서도 이렇게 위로가 되는데 말이다.

어젯밤 방문을 살짝 열고 얼굴만 빼꼼 내민 아빠가 "바보. 멍청이! 아빠가 있는데 뭐가 무서워"라며 또 나를 울리셨다. 행동에 책임을 지면 되고, 내 편은 내 편이니까!

"그럴 수 있지" 하고 넘어갈 수 있는 일이라고 속과 다르게 이야기했다. 상대방이 진심을 무시하고 무참히 짓밟는데도 사랑과 정성을 주는 당신에게 "사랑이 많아서 그렇다. 그럴 수 있다."라고 했다. 그런데 도저히 납득이 안 가는 그 상대에게 나 혼자 분했다.

법으로 따져 묻기 어려운 잘못 중에 가장 큰 것은 사람의 진심을 이용해먹는 일이라 생각한다. 상대가 자신에게 얼마나 큰 진심을 보이는지 알면서, 어떻게 거절도 거부도 하지 않고 자기 잇속만 챙기려 할까. 그 부분에 대해서 나는 절대 "그럴 수 있지."라고 할 수 없었다.

누군가의 진심이 부담스러울 수 있다. 내 마음과 달라 진지한 관계가 어려울 수 있다. 그럴수록 더 정확히 해야 하는 것이 사람 관계다. 여지를 두거나 상대를 착각하게 만들어 호의와 친절을 배불리 받아먹기만 하는 사람이라면, 얼마 못 가 그 진심들이 독침이 되어 자기를 찌르고 말기를.

늘 돌아서면 "아. 그 말을 했어야 했는데. 아 바보 같아." 하고 만다. 왜 그 당시에는 생각을 못 했을까. 왜 그저 상대의 말에 수긍만 하고 있었을까. 버럭 화를 내는 것과는 다른 차원의 이야기다. 논리적으로 생각하고 나의 의중을 최대한 깔끔하게 전달하는 것. 그런데 한참 상대의 말을 곱씹어보고 나서야 했어야 했던 말이 떠오른다. 이미 상대는 없다. 다시 이야기를 꺼내는 일도 쉽지 않다.

어쩌면 다행이다. 헛바닥을 차고 나온 말은 또 다른 방어의 말을 불러내고, 지칠 때까지 말꼬리를 무는 싸움으로 번질 수 있으니 말이다. 이런 염려와 소극적인 마음도 나의 일일 때만 그렇지, 남의 일 앞에서는 당장 변호인이라도 된 듯이 나서서 하나하나 조리 있게 묻는다. 남 일이라서, 내가 책임지지 않아서 그럴까? 책임의 문제는 아닌 듯하다. 불타는 의리를 봐서는. 아마도 그와 관련된 전후 상황, 관계를 모두 신경 쓰지 않기 때문은 아닐까.

오래전에 나눈 약속을 나는 미루고 미뤘다. 그 미룬 시간
도 지나버리니 더 발걸음을 향하기가 무서웠다. 너무 늦
은 나를 지독히 원망하고 있을까 봐. 혹은 나를 까마득
히, 일부러 지웠을까 봐. 준비한 책과 우피 파이를 들고
가게 앞에 섰다. 유리창으로 보이는 뒷모습을 보고 '아,
그냥 돌아갈까' 하며 발걸음을 옮겨 건물 뒤로 숨었다.
그 찰나에 나는 생각했다.

'지금이 아니면 더 되돌리기 힘들 거야. 이유를 말씀드리고,

인정하고 사과드리자. 언제까지 피하며 살 순 없으니까.'

곧장 문을 열고 인사했다. 잘못을 인정하고, 부딪혀보려
는 용기. 그 용기를 낸 나에게 고마웠다.

우리는 의도치 않게 사소하고도 큰 약속을 어기며 산다.
깜빡 잊은 채로 시간이 지나기도 하고, 알지만 좀처럼 부
딪힐 용기가 나지 않아 그저 시간을 보내기도 한다. 생각
보다 상대는 너그러이 받아줄 준비가 되어 있을 수 있다.
그러니 더 늦기 전에, 그나마 서로에게 적당한 여유가 있
을 때 손을 내밀자.

정이 든다는 것은 비단 사람 사이의 일만이 아니다. 제법 저렴한 가격에 길거리에서 샀던 구두가 이제 더는 못 버티겠다고 나보고 내려와 달라고 했다. 꾸역꾸역 구두 병원을 찾아 급한 대로 본드 칠을 하고 걸었는데, 단 열 걸음도 가지 않아 다시 너덜너덜. 심폐소생술로도 어쩔 수 없었다.

밑창이 뜯어지고, 옆구리는 다 터지고, 그 두 짝을 보는데, 괜히 나 같았다. 괜히 나랑 같이 다녀준 오랜 친구 같아서 버리지 못했다. 가슴 떨렸던 데이트 장소에도, 남몰래 눈물 훔치며 돌아서던 이별의 순간에도, 버스에 앉기만 해도 곯아떨어졌던 퇴근길에도 늘 나와 함께했기 때문이다. 구두가 제법 몇 켤레 있었지만 유독 마음이 가던 신발이어서 더 그랬나 보다.

비슷한 새 구두를 샀다. 종일 신고 걸었는데 발가락에 물집이 잡히고 뒤꿈치에 피까지 난다. 사람과 친해지려면 '희로애락'이 필요하듯, 새로운 물건과 정을 쌓기 위해서도 서로에게 익숙해지는 시간이 필요한가 보다.

인생에 고민 없는 사람이 어디 있을까. 모든 것이 온전하고 완전해서 불안하지 않은 사람이 어디 있을까. 많이 가지면 많이 가진 대로. 적으면 또 적은 대로. 꿈같던 그 허상은 이루면 이룬 대로 못 이룬 자는 못 이룬 대로 왜 고민이 없을까. 다들 불완전하게 만들어져서 어쩌면 죽을 때까지 완숙이 아닌 성숙의 과정 속에 눈을 감을 텐데 말이다.

그럼에도 주위를 보면 그 불안 속에서도 내면의 성숙을 보이는 사람이 있다. 평온해지는 긍정적인 노력을 보이는 사람들이 있다. 쉽지 않은 일이다. 삶을 어떤 방향으로 이끌지는 자기가 스스로 선택하고 조정하는 것이다. 부단한 노력이 필요하다. 여기에는 직업도 외모도 돈도 아무 상관이 없음을 직접 경험해보고 알았다.

과거에 얽매이지 않으려 노력하고, 미래를 속단하지 말아야 한다. 그리고 그 누구도 침범할 수 없는 '나' 자신이 가장 우선순위여야 한다. 누군가 나더러 이기적이라 곡해하더라도.

'너는 너한테 미안해해야 해. 네가 뭐가 못나서 그렇게 당당하지 못했어? 왜 굳이 숙이고 낮추고 그들의 기분에 맞춰줘야 했어? 왜 너를 존중하지 못했니? 넌 정말 스스로에게 미안해야 해.'

어떤 일을 할 때. 누군가와 함께 무엇을 만들어갈 때. 서로가 낮은 자세로 존중한다면 자존감이 다칠 일은 없다. 그런데 한쪽만 숙이고 굽히는 상황에서는 마음 상하는 결과를 피할 수 없다.

인정하자. 받아들이자. 그리고 담대해지자.

얼마 전 생각하지도 못한 전화를 받고 엉엉 울었을 때는 너무 겁이 나고 두려웠는데, 지금은 '그게 뭐라고'의 마음으로 이야기할 수 있다. 정말 상투적인데, 진리는 진리다. 시간이 지나면. 결국 흐려진다. 어떻게든 이 또한 지나가니까. 불쌍한 나 자신을 탓하지 말자.

같은 일을 겪어도, 같은 말을 들어도 우리가 다르게 생각하고 다르게 반응하는 이유를 깨달았다. '의미 부여를 어떻게 하느냐. 또는 의미 부여를 하느냐, 마느냐'에 달려 있었다.

그녀와 나는 같은 사람에게서 동일한 선물을 받았다. 나는 아무런 의미도 부여하지 않았고 있는 그대로를 해석했다. 그러나 그녀는 선물을 받아들고 온갖 의미를 부여했다. '날 생각해서 따로 시간을 쓰고, 노력을 쏟았구나. 그만큼 그에게 나는 특별하구나.' 여기서 더 나아가면 '아! 그도 나를 좋아하고 있구나'가 되어버린다.

나와 그녀의 차이는 사소한 것에 다르게 반응하는 '의미 부여'에서 시작되었다. 자신이 부여한 의미의 크기만큼 따라올 상처의 크기도 감내해야 함을 알면서도 말이다. 그렇지만 그녀가 바보라서 그랬을까? 이성보다 먼저 달려가서 사랑도 주고, 의미도 줘버린 '마음'을 탓해야 할까?

빛이 밝을수록 어두운 그림자의 꼬리는 길고 검게 늘어
진다. 나의 가장 큰 욕망이 나를 가장 하찮은 사람으로
만들어버릴 때. 나는 그 수치스러움을 견딜 수 없다.

쌓으면 쌓을수록 무너지는 감정들. 다가서면 멀어지는
관계들.

우리의 일상 속에 깊은 나락이 있어 나도 모르게 발이 푹
푹 빠지나 보다. 진실된 마음이 빠진 기계적인 관계는 일
시적인 쾌락만 던질 뿐 끝없는 공허함만 부추긴다.

철저히 외롭다. 고독과는 다른 감정이다. 수많은 사람과
웃음을 섞고 말을 맞대어도 정작 마음을 맞댈 사람은 몇
이나 될까. 거세된 마음에 그 무엇을 집어넣어본들 관계
중독과 관계 결핍 중 양자택일만 있을 뿐이다. 중독과 결
핍 그리고 집착에는 나쁜 사람이 아니라 약하고, 여리고,
아프고, 상처 많은 외로운 사람이 빠진다.

공허함에 잠식당지 말기를. 이겨내기를. 부서지기 쉬운
관계 앞에 자신을 탓하지 말기를. 내가 나를 채우기를.

자기방어와 자기애, 높은 자존감을 동일 선상에 놓을 수 있을까? 사람 관계에 있어 내 모습은 많이도 변했다. 싫은 소리 듣는 것이 두려워 솔직하지 못했다. 내 마음과 다르게 나를 덜 좋아해도 섭섭하다고 이야기하지 못했다. 그리고 내 인연을 놓쳐버릴까 봐 나 혼자 잡고 있던 끈을 놓지 못했다.

그런데 어떤 계기가 있었던가? 한 인연을 용기 있게 놓아버리고 새로운 인연과 소중한 시간을 쌓으면서 '나'를 돌아보게 되었다. 싫으면 싫다고 말했다. 받아들이지 못하는 인연은 거기까지라고 끊었다. 누군가는 그랬다.

"사회에 나와서 만난 인연은 다 가짜야. 학창 시절 친구가 진짜라고."

정말 그럴까? 나는 아니라고 생각했다. 우리는 죽을 때까지 누군가와 소통하며 살 것이다. 내 인연의 진실성이 100년 중 단 10~20년 안에 결정된다면, 그 얼마나 슬픈 일일까. 나는 내가 앞으로 만날 인연이 기대된다.

요즘 가장 신나게 읽고 있는 책은 헤르만 헤세의 《싯다르타》다. 책 속에서 싯다르타가 가장 자신 있는 일 세 가지로 '단식, 기다리는 일, 사색'을 들었다.

내가 누군가에게 확신에 차서 '이것만큼은 자신 있어'라고 말할 수 있는 것이 무엇이 있을까 고민했다. 싯다르타처럼 바로 대답이 튀어나오지 않았다. 단식은 반나절도 힘들 것이고, 기다리는 일은 기약이 없다면 무너지기 쉬울 것이다. 사색보다 망상, 잡념에 가득 찬 상태를 즐기는 게 나의 일일지도 모르겠다.

난 정말 뭘 자신 있게 잘할 수 있나?

사랑을 주는 일. 마음먹으면 곧 행하는 일. 고독을 즐기는 일. 처음 보는 사람과 어색하지 않게 이야기하는 일. 설거지. 화장실 청소. 요리. 운전. 손톱 바짝 깎기. 상대가 날 싫어하는지 좋아하는지 금세 알아차리기! 하나도 없을 것 같았는데 적다 보니 늘어난다.

덧없는 것들은 공통점이 있다. '빨리 바뀌어버린다.' 외모, 돈, 가식 같은 것들 말이다.

살다 보면 뜬금없는 말을 듣는 날도 있다. 맥락도 없이 불쑥 튀어나온 말에 "갑자기?"라고 대꾸한다. 갑자기라니. 세상에 이유 없는 일 하나 없듯이 갑자기 튀어나오는 말은 없을지도 모른다. 나에겐 정말 엉뚱하게 들리는 그 말이 당신은 밖으로 내뱉기까지 얼마나 고민하고 삼켰을지 생각한다. 우리가 나누는 자연스러운 대화 안에서 큰 뜻을, 큰 의미를 담지 않았다면 이렇게 갑작스럽지도 않을 테지.

오늘 난 당신에게 보고 싶다고 했다. 당신은 '갑자기?'라고 되물었다. 나는 '응. 갑자기'라고 거짓말했다. 참고 참은 말이라고 할 수가 없었다.

이 글을 쓰면서 돌아본다. 내가 언젠가 누군가에게 들었던 뜬금없는 이야기. 그 이야기를 하기까지 그 사람의 속마음을 들여다본다. 갑작스러웠던 이야기에는 결코 갑작스럽지 않은 마음이 담겨 있다는 사실을 알기까지. 난 어렸다.

때 타지 않아서, 오히려 때 묻은 내가 옆에서 검은 물을 들일까 봐 염려되는 사람들이 드물게 있다. 배려와 사려 깊은 행동이 몸에 배어 있는 사람.

나이가 많고 적음은 중요하지 않다. 나보다 아무리 많이 배우고 경험한 사람이라도 배울 점이 없는 사람이 있고, 나보다 한참 어려도 본받을 점이 많은 사람이 있다. '나이'라는 벽에 갇히고 싶지 않다. 나이에 상관없이 머리 숙일 줄 알고, 또는 부당한 것에 고개 빳빳이 들고 목소리를 낼 수 있었으면 좋겠다.

친구는 내게 현실을 보라고 쓴소리했다.

"사람 좋은 거? 필요 없어. 나이도 중요하고 돈도 중요해. 돈 많으면 다 된 거야. 현실을 좀 봐라."

답은 어디에도 없다. 함께 있을 때 즐거운 사람. 그것이 최고다!

2월, 나를 위해서

나는 나를 지키기 위한 파수꾼이다

너무 괜찮다고 이야기하면 오히려 괜찮아 보이지 않는
다. 정말 괜찮은 사람은 괜찮다고 이야기하지 않으니까
말이다. 애써 불안하고 괴로운 모습을 들키지 않으려 괜
찮다고 과장하며 숨긴다. 괜찮지 않다고 이야기해도 좋
다. 오히려 그렇게 해야만 한다. 그게 정직한 거니까. 솔
직함은 탈이 없다. 정말 그렇다. 멀리 내다봤을 때 솔직
함이 결국 살아남는다.

'지나친 것' 또는 '과한 것'에 대해 생각했다. 지나치게
다정한 그 남자는 무엇을 숨기기 위해 그토록 애를 쓸까.
지나치게 웃음이 많던 나는 무엇을 보이고 싶지 않아 그
렇게 밝은 척했을까. 과한 친절 속에는 언제나 장삿속이
있었고, 과한 눈물과 변명 뒤에는 자기 죄의식을 얼른 씻
어버리려는 마음이 있었다.

처음 운전을 배울 때가 생각난다. 지나치게 호통치고 과
하게 화를 내던 아빠. 그 목소리 뒤에는 딸이 안전운전하
기를, 다치지 않기를 바라는 염려가 있었을 것이다.

그냥 내버려두는 게 좋을 때도 있다. 옛날의 나는 이유 모를 조급증이 있었다. 당장 확신에 찬 대답을 두 귀로 들어야 안정을 찾았고, 지금 닥친 일이 아니더라도 미리 다음 것까지 준비해둬야 안심이 됐다. 알아가던 사람과 서로 호감을 느끼며 시간을 쌓는 도중에, 나는 그냥 내버려두지 못하고 흙탕물로 망쳐버리기도 했다.

실연의 아픔에, 사랑하는 사람을 잃어 공허함에 빠진 사람은 그냥 내버려두는 게 좋다. 어떤 말로도 위로가 안 될 때다. 화가 잔뜩 나서 분노를 삭이지 못하고 있는 그를 볼 때도, 말을 보태기보다 조금 기다리며 그냥 내버려두는 게 좋다. 본인의 일은 이 세상 누구보다 자기 자신이 가장 많이 고민하고 생각한다. 그러다가 먼저 손을 내밀 때 잘 들어주고 공감해주면 그것만으로 백 점짜리 위로가 될 수 있다. 조금 답답해도, 되넌다.

"그냥 내버려두는 게 좋을 때도 있어."

아무것도 안 하면 아무 일이 생기지 않는다고 그랬다. 그
렇기에 뭐라도 하라는 뜻을 담고 있는 거겠지. 하지만 사
람을 일방적으로 그리워하거나 기다리는 상황, 한마디
한마디가 신경 쓰이고 눈치 보일 때는 아무것도 하지 말
걸 싶다. 어디서부터 잘못된 걸까? 지금 신경 쓰이는 일
의 꼬리를 물고 물어 올라가본다. 어디에서 내가 바로잡
을 수 있었을까? 정말 내 탓하기 싫은데. 왜 생각의 끝은
내가 날 다그치고 있는 걸까?

나는 눈물이 많고, 정이 많다. 좋으면 한없이 좋다. 간이
고 쓸개고 다 내어 줄테지. 그렇지만 내 자존감을 툭툭
건드리는 일이 자꾸만 생기고 그로 인해 마음앓이가 지
속되면 칼같이 끊어낸다.

"당신 스스로 어떤 사람인지 설명할 수 있나요?"

이 질문에 대한 답을 이제야 내린다. 나는 나를 지키기
위한 파수꾼이다.

수십 번 다짐했다.

"누군가를 위해 완벽한 사람이 되진 않을 거야. 눈치 보며 살지 않을 거야. 나는 지금 이 순간을 사랑하고 나를 위해 살 거야. 내 안의 두려움과 맞설 거야."

내가 두려워하는 것들이 나를 잡아먹기 전에 하나씩 먼저 처리해야겠다. 그래서 종이를 펴고 써 내려갔다.

"두려운 게 뭐니? 가장 신경 쓰이고 피하고 싶은 일이 뭐니?"

나에게 물었다. 힘겨웠지만 마음의 수면 위로 올라오는 단어들이 있었다. 세심하게 듣고 빠짐없이 적어 내려갔다. 하나씩 맞설 것이다. 용기 있게, '나를 위해서' 맞서 이길 것이다.

내가 그 사람을 사랑한다고 그를 위해 내 모습을 바꿀 필요는 없다. 가족이든, 연인이든, 친구든 모두 사랑하지만 타인일 뿐이다. 행복의 기준은 내가 정한다. 내가 나에게 친절할 때 나는 그들에게 더욱 친절할 수 있다.

'오~ 이 사람. 나한테 상처 줄 것 같은데?' 싶으면 바로 뒤돌아 내 등껍질 속으로 숨어버린다. 재작년이었나? 《미움받을 용기》라는 책이 히트하고 있을 때. 나는 전공 서적 읽듯 자로 줄 그어가며 달달 외며 다니기도 했다. 그럼에도 나에게는 여전히 미움받을 용기가 없다.

'누군가에게 받아들여지지 않는 것. 누가 내 이야기를 나 쁘게 하는 것. 내 마음만큼 상대의 마음이 따라주지 않는 것.'

아마 이 세상 누구도 의연하게 아무렇지 않을 수는 없을 것이다. 인간인데, 사람인데 어떻게 신경이 안 쓰일 수 있나? 그 다음이 중요하다. '그래 그럴 수 있지. 뭐 그래서 어쩌라고?'라는 대응책을 봤다. 솔직히 잘 안 된다. 자꾸 떠오르고, 얼굴을 붉힌다. 나는 계속 숨으며 상처를 피해야 할까, 맞서야 할까.

겨울에 태어나서 그런지, 차가운 겨울이 너무 좋다. 부산보다 두 배는 더 춥다던 서울에 오니 '아 정말 좋다'라고 느낄 정도로 추운 날씨가 나에게 맞았다. 겨울이 가장 좋은 나는, 대신 여름에 죽을 못 쑬 정도로 힘들어한다.

각자 좋아하는 계절이 있고, 시간이 있고, 공간이 있다. 다르다고 해서 왜냐고 따져 물을 필요가 있을까. 각자의 이야기를 인정하면 그걸로 좋다. 오랜만에 만나서 좋은 사람들이 있다. 정성으로 만든 선물을 건네고 함께 모여 웃는다. 그걸로 답답했던 KTX 안에서의 시간이 잊힌다. 오랜만에 만난 언니와의 이야기는 진솔하고 짙어서 서로의 눈가가 붉어지기도, 주름지기도 했다.

"현녕아, 너 힘들었겠다."

"언니, 마음고생 심했었죠."

힘든 시간을 지나왔어도 따뜻한 손길로 덮어지니, 우리는 더 두터워진다.

스스로에게 선물을 준 적이 있는가. 올해는 생일을 앞두고 나에게 선물을 했다. 힘들었던 시간 잘 버텼고, 비록 예상치 못한 전개로 흘러가는 인생이지만 잘하고 있다는 마음에서 준비했다. 삶에 작고 소소한 이벤트를 한 조각씩 끼워 넣으면 엄청난 활기가 생긴다. 오늘 하루처럼.

'2월 7일에 뮤지컬을 보러 서울에 간다'라는 이벤트가 있으면, 2월 1일부터 설렘이 가득해진다. 여름에 갈 여행 계획을 떠올리면서 지금 힘든 일을 그래도 수월하게 보낼 수 있다. 여행은 떠나기 전부터 시작된 설렘이 다하는 것처럼 우리 삶 속의 즐거운 이벤트도 그러할 것이다.

나에게는 새해 1월 1일도, 크리스마스도, 별별 이벤트 데이들도 의미가 없다. 그럼에도 괜히 설레고 가슴 떨리는 하루는 내가 처음 이 세상의 빛을 보고 울음을 터뜨린 날이다. 남은 올해의 봄, 여름, 가을, 겨울에 소소한 이벤트를 준비해둬야겠다.

무엇보다 '지금 이 순간'의 가치에 대해 크게 깨달은 지난 1년이었다. 작년 이날에는 하지 못한 말을 용기 내어 꺼냈다. "엄마!" 하고 병소처럼 난데없이 부르고, 거울을 보며 흰머리를 골라내는 엄마에게 "나 배 아프게 낳아줘서 고마워. 진짜 진짜 아프고 힘들게 낳는다고 고생했어. 고마워"라고 말했다. 엄마는 "어이구 참나, 알긴 아나? 세상, 세상에 그런 고통은 다신 없을 거다."라고 말했다. 나는 아직 출산 경험이 없어서 모른다. 한 생명이 태어나기까지 얼마나 큰 고통이 따르는지를. 굳이 비유를 하자면 발목이 다 터지고 부서져 수술을 한 뒤에 마취가 풀렸을 때처럼 혹은 손가락이 절단되었을 때 느끼는 고통의 300배 이상으로 아프다고 했다.

오늘은 괜히 엄마를 보자니 미안하고 고마웠다. 엄마가 미운 날도 많았는데. 생일이라고 미역국에 잡채, 딸기까지. 상다리가 휘어지는데, 정작 이날 미역국으로 몸조리해야 하는 건 우리 엄마였을 텐데 싶었다. 오늘따라 엄마 얼굴에 주름이 더 깊어 보인다.

타인은 차고 넘친다. 단 하나의 내가 되어야 한다. 가장 나다운 모습이 무엇일까.

'너답게, 우리답게, 나답게'라는 말이 한창 유행할 때가 있었다. 옷이나 신발이 유행하듯 시대가 요구하는 말들도 유행한다. 지금의 "괜찮아, 힘들어도 돼, 실패해도 괜찮아.", "너는 잘 하고 있어, 나로 살아가자. 무너지지만 말자."와 같은 이야기들처럼 말이다.

'-답게'에 대해 생각했다. '학생답게, 남자답게'라는 말이 얼마나 폭력적인지 우리는 겪어봐서 잘 알고 있다. '-답게'라는 말 안에 하나의 색으로 갇혀버리는 다양한 학생, 남자, 나 그리고 너가 있다. 언제가 가장 나다울까 고민했던 때가 있다. 결국 답을 내리지 못한 채, 영혼 없이 나답게 살자고 외쳤었다.

조금은 알 것 같다. '나'는 단 하나의 나이지만, 사람과 환경에 따라 성장하고 달라지는 '나'를 '다움'에 묶지 않기로 한다.

한두 번 본 사이에 나는 친하다고 할 수 없었다. 서로를
겪어가며 웃음 짓는 추억을 쌓고, 눈물도 닦다 보면 친해
지는 거라 생각했다. 한누 번 만난 그녀와 친하냐고 당신
이 물었다. 나는 단호하게 친하지 않다고 이야기했다. 친
하지 않다는 이야기가 '친해지고 싶지 않다. 그녀가 싫
다'로 와전될 수 있는 것이 말이 가진 힘이다. 내가 한 말
이 당신을 통해 그녀에게 전해졌고 나는 해명이 아닌, 나
의 느낌을 그녀에게 변명하듯 전해야 했다.

말은 너와 내가, 우리 둘이 이야기를 나눌 때 가장 선명
하게 빛이 난다. 우리의 이야기가 제3자나 수많은 타인
의 입을 거칠수록 빛이 바래지고 흐릿해져 본래의 의미
를 잃게 된다. 더 자극적이고 더 주의를 끌 만한 악의적
인 말이 되어 여러 사람에게서 떠돈다. 그래서 나는 내
이야기, 당신과의 이야기는 나와 당신, 우리끼리 나누고
싶다. 신뢰를 잃은 남의 말을 듣고 당사자에게 직접 물을
수 있는 것도 용기다.

누군가의 아픔에 대해 함부로 이야기하지 말아야 한다. 겪어보지 않은 일에 대해 절대로, 함부로 이야기하지 말아야 한다. 우리 주변에는 작고 큰 아픔을 가진 사람이 많다. 겪지 않은 일에 대해 쉽게 내뱉는 당신은 타인의 가슴에 대못을 박는 줄도 모른다. 그가 혹은 그녀가 그 아픔을 견디기 위해 얼마나 많은 눈물을 쏟아왔는지, 얼마나 수없이 창 난간이 두려워 등을 돌려야 했는지, 얼마나 살기 위해 발버둥을 쳤었는지 모를 것이다. 가정 폭력에 노출되어 있는 사람, 우울증을 앓고 있는 사람, 말 못할 트라우마에 사로잡혀 사는 사람 등 그들이 겪는 각자의 힘듦이, 그들의 잘못이 아니라는 것. 어떤 모습이든 그들의 상처가 어떤 일의 이유로 여겨져서는 안 된다는 것. 당신의 말 한마디가 내 지난 고통의 몸부림을 죄책감의 눈물로 내몰았다는 것을 당신은 알까. 겪지 않은 일은 절대 함부로 이야기하지 말자. 직접 겪은 우리라면 절대 서로에게 상처 주지 않는다.

나에게 닥친 시련이 내 잘못은 절대 아니라고 생각했다. 그렇게 생각하기 시작하면 감기에 걸려도, 중한 질병에 걸린 것도 모두 내 탓을 해야 하니까. 무엇보다 죄가 아니니까 말이다. 그래서 더 수면 위로 끌어올려 이야기를 했었다. 앞에서는 다들 가볍게, 그럴 수 있다라는 표정으로 들었다. 한편으로 뒤에서 어떤 편견을 가지고 이야기할지는 상상도 못했다.

그런 내가 그의 눈에는 얼마나 바보 같았을까.

"아, 쟤는 저런 병까지 걸렸는데 그래도 나는 이 정도면 괜찮지."

나의 불행이 남에게 큰 위로가 되는 그 메커니즘을 이해했다. 나의 불행이 남에게 현재를 위로할 수 있는 거리가 되고 있었다.

앞뒤가 다른 모습을 보면 어쩔 수 없이 놀라고 실망한다. 내 앞에서는 왜 느낀 그대로를 말할 수 없었을까. 그것이 배려라면 배려였을까.

어정쩡한 관계에서 주는 상처가 제일 많다. '가족'이라는 울타리가 없었다면 1년에 단 두 번, 이런 만남도 없었을 것이다. 따로 시간 내고 자리를 마련해서 만날 이유가 전혀 없으니 말이다. 그럼에도 맞대고 앉아 서로의 안부를 묻고, 의식적으로 간섭을 하고 그 간섭을 받아들여야 하는 것일까. '친척'이라는 이름은 너무 가까운 '남'인가 보다. 물론 그 말에 담긴 사랑과 걱정은 충분히 이해한다.

우리는 말의 저의를 다 알면서도 화법, 말투, 표정, 단어, 억양에 따라 '지적'도 '조언'으로 받아들일 수 있다. 사랑한다면 말도 사랑스럽게 할 수 없을까? 아닌 듯해도 나만큼 내 앞날을 걱정하는 사람은 없을 것이다. 우리 모두가 그럴 것이다. 그러니 1년에 한두 번 만나는 명절에는 그냥 웃고 칭찬하고 응원하고 말없이 믿어주면 좋겠다. 혹시 먼저 고민을 털어놓는 것이 아니라면 말이다.

걱정하던 일이 현실이 되었을 때 하늘이 노랗게 보였었다. '설마, 그럴 일 없어'라는 막연한 믿음에 작은 희망을 걸고 우리는 매일 순간순간을 넘기며 살고 있을지도 모른다.

그러고 보면 우리 삶에 일어나는 모든 일은 확률 싸움이다. 수십 년 전, 몇 퍼센트의 확률로 나는 엄마 배 속에 안전히 착상을 하고 또, 몇 퍼센트의 확률을 뚫고 건강히 태어나서 여기 지금 이 모습이 되기까지. 나는 얼마나 많은 행운과 불행을 그리고 선택에 따른 결과를 숫자에 걸고 살아왔는가. 일어나서는 안 될 일이 일어나고야 말았을 때, 두 눈을 질끈 감고 꿈이기를 바란 적이 있었다. 세상이 무너지고 겁이 나서 아무것도 해낼 줄 몰랐었다.

그럼에도 맞서고 난 지금은 그 경험이 또 하나의 내 이야기가 되었다. 강물이 다 흐르고 강을 건너갈 수는 없다. 강물은 영원히 흐를 테니까. 그러니 맞서는 것, 받아들이는 것, 집착하지 않는 자세가 필요하다.

대부분의 사람들이 생각하는 직업적 이미지에 대해 이야
기했다.

> "왜, 그런 거 있잖아. 왠지 작가라고 하면 차분하고 웃을
> 때도 입을 가리며 수줍게 웃을 것 같은 그런 것. 책방 주
> 인이 젊은 남자면 그것만으로도 매력적이지? 볼이 통통
> 한 파티쉐나 빵집 주인이 있다면 그 집 빵이 더 맛있을
> 것만 같은 거."

우리가 가지고 있는 선입견이 엄청나다는 걸 그리고 이
런 선입견이 어디서부터 시작되었을까 하는 궁금증에 종
일 시달렸다. 머리로는 직업은 직업, 개인의 성향은 단지
성향이라는 것을 이해한다. 그럼에도 직업에 따라 사람
들이 기대하는 도덕적 잣대의 높이는 하늘과 땅을 넘나
든다. 직업이나 성별로 그 사람에게 섣부른 면죄부나 질
타를 들이댈 수 없다. 분명 머리로는 다 이해하지만, 한
편으로는 다 그럴싸하다.

> "어떻게 개인의 아픔을 이해하지 못하고 뒤에서 함부로
> 말하는 그런 사람이 글을 쓸 수가 있지?"

좋은 사람이 곁에 많았으면 좋겠다고 당신이 말했다. 숱
하게 들어온 답변을 내밀었다.

"네가 좋은 사람이 되면 자연스레 주변에 좋은 사람으로
가득할 거야. 꽃은 가만히 있어도 좋은 향기를 풍기니,
벌이 찾아오잖아."

그렇게 말을 하고 나서 '좋은 사람이 뭐지?' 생각했다.

누구에게나 다정하고 친절한 사람일까, 배려심 많고 인
내하며 타인을 다독이는 사람일까. 좋은 사람에 대한 기
준은 각자의 마음 안에 있을 테니 내가 원하는 사람, 나
에게 왔으면 하는 사람의 모습을 내가 가꾸면 되지 않
을까.

나는 정직하고 성실한 사람, 지혜와 경험이 많은 사람을
곁에 두고 싶으니 먼저 그런 사람이 되어야 한다. 보석을
갖고 싶다면 내가 보석이 되어야지. 바르고 솔직하게 절
제하고 감사하며 사소한 것에 집착하지 않아야지. 마음
이 가장 귀한 사람이 되어야지.

학교에서 아이들을 만날 때도 그랬고 뜨거운 연애를 할 때도 그랬다. 내가 잘못해서 아쉬운 상황일 때도, 내 속 마음을 고백하는 상황에서도 그랬다. 진심은 언제나 통한다고.

오늘 당신은 나에게 의뭉스럽다는 듯 물었다.

"진심이 통하나요? 마음이 비뚤어진 사람들이 많아서, 이제는 진심이 중요한지도 모르겠어요."

잠시 고민을 했다. 내가 진심을 전했을 때, 그 온기는 제대로 전해져서 그들이 받아들였었나? 상대나 상황에 따라 몇 십 년이 흐르고 나서 진심이 전해지기도 하고 끝내 닿지 않는 진심들도 있으니 말이다. 나는 당신에게 답했다.

"그래요. 맞아요. 진심은 모두에게 통하지는 않아요. 하지만 진심을 다했을 때, 그 누구보다 당신의 마음이 가장 편안할 거예요."

얼마 전 나의 깊은 진심이 닿지 못하고 허탈하게 다시 내 발아래로 돌아왔을 때, 그래도 크게 무너지지 않았던 이유는 나는 늘 진심을 다했기 때문이었다.

사람이 이해되지 않아 속앓이를 할 때가 있다. 가까운 가족만 해도 그렇다. 내가 저 사람의 배에서 나온 것이 맞나 싶을 정도로 엄마를 이해할 수 없을 때 마음이 시끄럽다.

굳이 하지 않아도 될 말을 위로인 척 꺼내며 상처를 남기는 사람을 볼 때, 호감 있는 척 다가와 호기심만 채우고 뒤돌아서는 사람을 볼 때, 나는 그들을 이해할 수 없었다. 그럴 때마다 생각한다. '내 욕심이다. 모든 걸 알려고 하지 말자. 알려고 하니 머리가 아픈 것이다. 가끔은 이해되지 않는 것을 억지로 이해하지 말자.'

우리는 텔레비전을 켜고 끌 때, 어떻게 리모컨이 저 멀리서도 눈에 보이지 않는 신호로 작동하는지 원리를 모른다. 애써 알려고 하지도 않는다. 그럼에도 리모컨을 매일 아무렇지 않게 사용하는 것처럼 사람 역시 그렇다. 그 심중을 이해할 수 없더라도 궁금해하지 말자. 리모컨의 원리도 인간의 마음도 이해 못 하겠으면 포기해도 괜찮다.

조금은 염세적이고, 조금은 무기력해 보여도 이제야 해결책을 찾았다. 어쩌면 행복의 지름길? 아니 적어도 불행해지지 않을 수 있는 방법을 말이다. 그 무엇에도 그 누구에게도 '기대'라는 걸 하지 않는 것. 기대하지 않고 또 기대받지 않는 것이 속 편하다.

기대감이라는 건, 한도 끝도 없다. 내 기준에서 자꾸만 바라게 만들고 그 사람을 만들고 자르고 덧붙이는 일이었다. 차라리 처음부터 기대를 저버리고 시작한다. '나에게 그 말을 해줄 거야', '내가 원하는 걸 줄 거야', '날 더 좋아할 거야', '좋은 일이 일어날 거야' 같은 기대는 하지 않는 편이 더 좋다.

그렇다고 해서 비관적일 필요는 없다. 내 자존감까지 무너뜨리지 말자. 기대하지 않았을 때 우연히 얻은 감동을 떠올려 보니, 그것이야말로 인생에서 참 행복한 순간이더라.

사랑받고 싶은 욕구, 인정받고 싶은 욕구, 관계에서 이용
당하고 싶지 않은 마음, 외면당할까 혹시 버려질까 두려
운 마음. 유별나지 않은 인간이라면 누구나 가지고 있는
욕구일 것이다. '불확실함'은 눈을 가리고 외나무다리를
걷는 것처럼 무서운 일이다.

나는 정작 관계의 본질은 외면하고 관계를 정의 내리는
일이 중요했다. 앞으로 쌓아갈 일을 미리부터 연결 지어
우리가 연인 '관계'인지, 친구 '관계'인지 아는 게 중요했
다. 정말 상대방과 내가 잘 맞는 사람인지 알아가기보다,
당장 우리가 어떤 사이인지 관계를 확정 지을 수 있는 사
람인지가 내겐 중요했을 것이다.

그래, 누군들 안 그렇겠냐만은 모든 관계에서 자꾸만 확
인하고 확실히 하고자 경계하고, 담 쌓으며 묻고 또 묻는
일은 건강한 관계를 쌓아가는 데 오히려 걸림돌이지 않
을까.

3월, 혼자만의 시간

서서히 말을 줄여간다
하고 싶은 말도 애써 참아본다

"당신이 좋아하는 운동을 '골프'라고 가정해봅시다. 매주 라운딩을 가는 당신은 골프에 필요한 용품과 골프 게임 방식에 대해 아주 관심이 많고 해박하죠. 그런데 어쩌다 알게 된 사람이 '낚시'를 즐겨한다고 해서 그저 호기심에 '바다낚시요?'라고 당신이 물었어요. 예의상이요. 그러자 그 사람이 낚시에 대해 하나부터 열까지 설명하기 시작해요. 낚시대 종류부터 미끼들 그리고 그가 느꼈던 수백 번의 손맛 묘사까지요. 그걸 듣고 있는 당신은 어떨까요? 그리고 그 사람과 당신이 관계를 쌓고 이어가는 데 있어서 그걸 모른다고 해서 문제가 생길까요?

당신의 약점, 당신의 치부. 아무에게나 드러내지 마세요. 세상은 생각보다 당신에게 큰 관심이 없어요. 당신 이야기를 귀 기울여 들어주고, 이해할 수 있는 수준의 사람에게 말해요. 굳이 이야기하지 않아도, 연인은 당신을 사랑할 수 있어요."

자려고 방에 불을 끄고, 휴대폰도 저 멀리 던져뒀는데 눈
을 감아도 어딘가 환한 느낌이 들었다. 감은 눈 사이로
빛이 새어 들어오는 느낌.

눈을 떴는데 방이 온통 금빛 또는 주황색 전등에 비친 듯
환했다. 빛을 따라가 보니, 까만 하늘에 혼자 덩그러니
보름달이 떠 있었다. 손으로 달을 가려보았는데 손가락
사이로 빛이 비집고 나올 정도였다. 혼자 저렇게까지 빛
날 수 있구나 싶어 놀랍다가 곧 '아무것도 없는 저 칠흙
같은 어둠 속에서 혼자면 얼마나 외로울까' 감정이입이
된 밤이었다.

달이 두 개면 어떨까. 그럼 밤하늘을 올려다보는 사람들
에게 위안이 될까. 되려 질투 대상이 될까. 어느새 말보
다 글이 편해진 나는 가끔 길게 이야기해야 할 때가 두렵
고 글처럼 기다려주지 않는 말의 순간순간이 괴로웠다.
이러다 벙어리가 되어버리면 어쩌나. 달빛으로 글을 쓰
며 토닥인다.

가끔 우리는 답을 다 알고 있으면서 묻는다. 남의 입에서 나오는 객관적인 답을 들어야만 더 설득력이 있어서일까. 때때로 이성적으로 내가 알고 있는 답과 내 감정선이 극과 극에 서 있다. 아닌 걸 알면서도 마음을 향하고, 안 될 걸 알면서도 한 번 더 두드려보고 도전하는 것. 그때마다 결과는 어땠나? 대부분 이성이 이기고야 말지만 감정이 시키는 대로 따라가면 속은 후련하지 않았던가.

이성과 감성의 줄타기 연속이다. 분명 떠들기를 좋아하던 나였는데. 서서히 말을 줄여간다. 하고 싶은 말도 애써 참아본다. 말하지 않았을 때, 나 혼자 머금고 있는 먹먹함이 좋다. '언젠가 알아주겠지, 언젠가 닿을 수 있을 거야. 언젠가 아무렇지 않을 때 웃으면서 어깨 툭 치고 손 얹으며 이야기할 수 있을 거야.' 침묵이 가장 큰 소음이 되었다.

사람에 대한 평판. 음식점 후기, 책 리뷰. 남이 겪고 느낀 점들을 나는 얼만큼 신뢰할 수 있을까.

> "그 사람 되게 괜찮아요. 친절하시고 재밌으세요. 인맥도 넓으시고요."

이런 말을 들은 사람이라도 내가 겪으면 또 다를 수 있다. 모두에게 친절하고 재밌으려니 한 사람에게 집중할 수 없는 사람인 건 당연했다.

누군가의 '카더라'를 우리는 직접 경험해보거나 겪어보려 하지 않는다. 10명 중 8명이 '맛없다, 그 책 별로다'라고 하면 대개는 그럴 가능성이야 높다. 하지만 내가 누군가에게 그렇게 말하기 위해서는 적어도 먹어보고, 읽어보고, 그 사람을 직접 겪어봐야 근거를 대며 평가 내릴 수 있다. 사람을 겪어보기 전에 색안경부터 끼지 말아야 한다. "좋은 사람이라더라, 또는 개차반이라더라"는 한 귀로 듣고 흘려버리자. 그리고 겪은 후에 이야기하자.

> "좋은 사람이야."

두 사람에게만 털어놓았다.

"내가 나를 사랑하지 못해서, 슬퍼요."

어떤 소중한 사람은 나에게 '준 게 없다고 생각하겠지만 받은 게 많아 고맙다'고 한다. 그런 나를 나는 조금 사랑해줄 만도 한데, 왜 이리 미워하지 못해서 안달일까.

자기통제에 대해 이야기했다. 내 몸의 주인은 나야. 내가 허락하기 전에는 그 누구도 내 머리카락 한 올 건드릴 수 없어. 그렇지? 그럼 내 마음의 주인은 누구야? 온전히 다 내 것이지. 내가 허락하기 전에는 그 무엇도 내 마음을 쑥대밭으로 만들 수 없어. 다시 이야기하자면 기운 차리려고 네가 마음을 굳게 먹으면, 넌 널 사랑할 수 있어. 다른 누군가가 아니라. 네가 하고자 하면 할 수 있고 절대 하지 말아야 하는 생각과 마음의 길이 있다면 넌 하지 않을 수 있어. 살아가면서 어떤 환희와 고통에 휩싸여도 내가 주체임을, 내가 마음의 주인임을 잊지 말아야 해.

공손하고 예의 바르되, 하고 싶은 말과 꼭 해야 하는 말을 논리적으로 표현할 수 있어야 한다. 그것이 말이든 글이든 튼튼한 창이 되어 나를 지킬 수 있어야 한다. 흔히 말하는 '센 사람'은 짙은 아이라인을 그리거나 거친 욕을 내뱉는 사람이 아니다. '세다' 혹은 '강하다'라고 표현할 수 있는 사람은 자기 잘못을 낮은 자세로 인정할 줄 알되, 결코 비굴하지 않은 사람, 상대의 생각에 공감할 줄 알면서도 자기 생각을 타당하게 피력할 수 있는 사람. 말 한마디로 상대가 더 이상 언쟁하려 들지 않고 먼저 내려놓게 할 수 있는 사람. 무조건 져준다고 될 일도 아니고, 호통으로 기를 꺾는 일도 아니다. 부드러움으로도 충분히 우리는 강해질 수 있다. 며칠 전 조소가 섞인 반말의 한 문장을 받았다. 비웃음이나 반말보다 더 크게 다가온 그 말의 저의에 가장 예의 바르고 날카로운 창을 세워 내 여린 마음을 지켰다. 우린 각자 얼마나 강한 사람일까.

흘러가는 대로, 지금 이대로를 즐기며 살자는 많은 이야기들이 궁극적으로 말하고자 하는 의미가 무엇일지 생각했다. 유행어로 번진 '욜로YOLO'가 가진 어휘적 의미는 하나겠지만 개개인마다 정의 내리기 나름 아닐까. '지금 이 순간을 살자'라고 해서 대책 없이 진탕 먹고 노는 것만을 의미하는 것은 아니겠지. '지금'이 소중한 걸 알기에 한 번 지나가면 오지 않는 오늘, 최선을 다하며 정진하는 사람들도 분명 존재한다. 그러고 보니 욜로든 아니든 중요한 건 '목적의식'과 '과정의 즐거움'에 있었다.

왜 하고 있는지. 왜 만나야 하는지.

왜 인내해야 하는지 끊임없이 스스로에게 물어야 한다. 목적이 뚜렷할수록 과정은 자연스럽게 빛나기 마련이다. 애써 보이려 자랑하지 않아도, 대놓고 떠들지 않아도, 목적으로 가는 과정의 즐거움을 안다면. 그것만으로 욜로가 아닐까.

갈수록 책임지지 않으려 하는 관계들이 늘어간다. 마음
과 마음을 나눈 우리라면 서로에게 들락거린 발자국 정
노는 지울 시간을 함께 보낼 수 있어야 한다.

인간 혐오증에 걸린 당신은 왜 사람들이 관계를 연인, 친
구, 선후배 등 서너 가지의 분류 속에 넣으려는지 이해할
수 없다고 했다. 특히 "오빠. 우리 무슨 사이야?"라는 질
문을 들을 때면, 있던 '정'도 떨어진다며 양미간을 찌푸
렸다. 덧붙여 "드라마를 많이 봐서 그렇냐, 관계 짓는 일
이 무슨 의미가 있냐"고 혀를 찼다. 그가 한 말의 저의는
대충 이해할 수 있다. 이 세상에 똑같은 사람이 존재하지
않듯이, 사람들이 엮어가는 수많은 관계들이 어떻게 몇
가지 분류 안에 들어가겠느냐는 것이다. 그럼에도 상대
와 합의하지 않은 무책임한 관계는 그야말로 더 큰 폭력
으로 작용할 수 있음을 인지해야 한다. 책임을 회피하며
흐르는 대로 두는 인연은 그야말로 핑계 아닐까.

횡단보도 신호가 파란색으로 바뀌면 달려오던 차들이
일제히 멈춘다. 나는 언제나 그 순간을 좋아한다. 서로
가 말을 하지 않아도 지켜야 할 약속을 아는 것만 같아
서. 보행자와 운전자 사이에 서로를 존중하고 배려하는
그 찰나의 순간이 문득 먹먹하게 다가온 적이 있었다. 지
나치게 감성적인 인간이라 그럴지도 모른다. 한편으로는
그저 파란불과 빨간불에 맞춰 벌금 안 내려고, 차에 치이
지 않으려고 하는 사회적 약속일 뿐인데 말이다. 그럼에
도, 서로 배려하고 사소한 것도 양보하는 그 장면은 늘
아름답다.

카페 주문대에 동시에 도착한 어느 손님과 나는 서로
"아, 먼저 하세요."라고 양보했다. 그리고 2층으로 올라
가 자리에 앉으려 하는데, 다른 손님이 내 어깨를 탁 치
며 내가 앉으려 한 푹신한 소파 자리에 먼저 뛰어가 앉아
버렸다. 시린 건 밀쳐진 어깨가 아니라 마음이었지만 횡
단보도를 건너며 위로받았다.

나는 친구가 없다. 네댓 명 무리 지어 어울려 다니는 친구를 잘 사귀지 못한다. 그로 인해 인생이 불행하거나, 외롭다고 느낀 적은 없다. 그런 나에게 고맙다.

열네 살, 교실 맨 뒷자리에서 사또밥을 뜯어 수업시간 내내 교복에 가루를 질질 흘리며 함께 먹었던 친구가 있다. 쉬는시간이면 노래를 부르거나 매점에서 후랑크 소세지를 데워 먹었다. 동전노래방에 가면 빅마마의 〈체념〉을 함께 부르고, SM기획사에 전화해서 "가수가 되려고 하는데, 안 예뻐도 되나요?"라고 물었던 우리다. 여전히 사랑하는 내 친구에게 나보다 더 그녀를 아껴줄 남자친구가 생겼고, 열다섯에 머물러 있는 우리에게는 너무 멀게 느껴지는 '시집'이란 걸 간단다.

누군가의 미래를 축복하고, 아무 계산 없이 행복을 빌어주는 일이 요즘 세상엔 참 힘든 일이다. 순간은 영원할 수 없고 추억은 흐려만 가도, 서로의 존재 이유만으로 위로가 되는 우정이 있다는 걸 잊지 말기를.

예전의 내가 사랑을 할 때면 애가 닳았다. 이 표현이 가장 가까운 심정이었다. 여전히 지금도 사람에 대해, 사랑에 대해 배워가고 있지만.

더 어렸을 적에 나는 '다 가져야만 다 알아야만' 사랑이라고 믿었다. 내가 사랑하는 당신에 대해 모르는 것이 있다는 자체를 받아들이지 못했고, 나 역시 나의 모든 모습을 상대가 알 수 있도록 알려주기 바빴다. 그것은 폭력이었다. 가지고 있는 돈을 내놓을 때까지 뺨을 때리는 것만 폭력인가? 먹기 싫다는데 억지로 입 벌려 마구 음식을 욱여넣는 것만 폭력인가? 억지로 캐묻는 것도, 억지로 들려주는 것도 배려가 없는 행동이다.

우리의 하루 중 꼭 어두운 밤이 필요하듯, 각자의 새벽이 때때로 위로가 되듯. 굳이 들어가지 않아도 서로가 행복할 수 있는 마음과 마음이 있을 것이다. 지킬 건 지키고, 나눌 건 나누면서도 얼마든지 사랑할 수 있다.

딱히 종교가 없는 난, 그렇다고 나를 믿지도 못했다. 그런데 누군가 날 처음 보는 사람이 내 생년월일을 듣고, 또는 내가 콕 아무렇게나 짚은 카드로 내게 일어날 일을 예상한다는 것 자체가 흥미로웠다. 점을 보러 줄기차게 다녔다. '줄기차게'라는 말이 딱 맞다. 인생은 그때도 지금도 고민이 있긴 마찬가지인데. 마치 점을 보고 나면 해답을 알 것만 같아서 말이다.

시작은 고등학생 때 보게 된 타로카드. 그 이후에는 유명하다는 사주 철학관. 조금 더 용기 내어 간절한 마음으로 찾은 곳은 소위 '무당' 점집. '그 무담이 물 조심 하랬는데, 세상에, 계곡에서 다이빙을 잘못해서 식물인간이 됐대.' 이 한마디를 듣고 나도 듣고 싶은 이야기를 꼭 들어야겠노라 그곳을 찾았다. 그때 아기동자가 해준 말과 맞아떨어지는 삶을 살고 있나? 그 문제는 차치하고, 그 당시에 나는 갑갑했던 마음에 미리 정해진 답을 이야기해줄 그 누군가가 필요했던 건 아닐까. 내 마음의 주인이 되면 굳이 찾지 않아도 우리는 스스로를 믿을 수 있다.

사람의 마음을 들여다보기란 쉬운 일이 아니다. 서로가
친밀함을 쌓고 신뢰를 형성했을 때, 조금이나마 우리의
속 이야기를 할 수 있다.

어제와 오늘. 반짝반짝 빛나는 분들을 만났다. 왜 그들을
'빛'난다고 표현할 수밖에 없는지 수업을 해보고 알았다.
삶에 티끌 하나 없이 만족하고 행복한 사람이 어디 있을
까? 그럼에도 우리는 사회에서 맡은바 직장인으로, 엄마
로, 학생으로 하루하루 해내기 위해서 얼마나 고군분투
하는가. 본인에게 지어진 부담, 잘해야 한다는 강박. 사람
들 사이에서 지쳐버린 일상, 그리고 가족. 그 많은 고민
과 스트레스로 멍든 자기 마음을 위해 스스로 용기 내어
발걸음을 한 그 자체로 빛이 났다.

큰 고뇌와 아픔에 내가 해결책을 줄 수는 없었지만. 눈
마주치고 "안 괜찮아도 돼요. 마음껏 울어도 되는 자리입
니다."라고 휴지를 건넬 수 있어서 감사했다. 헤어질 때
우린 꼭 안았다. 나는 그들의 '행복'을 기원했다.

자존감. 모두가 중요하다고 목소리 높이는 자존감에 가장 큰 영향을 미치는 '성공 경험'에 대해 곰곰이 생각했다. 성공 경험이라고 해서 엄청난 수준의 업적, 합격, 소득, 성적을 뜻하는 것은 절대 아니다. 내가 필요하다고 판단해서 '이 정도는 해봐야지'하고 마음먹은 것을 해낸 경험. 그 사소한 경험에서 성공을 맛보면 스스로를 대견해하고 소중히 여기는 자존감이 높아지는 것이다.

너무 지치고 피곤했지만, 나는 나 자신과 약속한 달리기를 했다. 단 20분이지만 결국 뛰었다. 그렇게 나와의 약속을 지킨 성공 경험으로 어제보다 오늘의 내가 더 좋아졌다. 자존감은 그 누구도 대신 높여주지 못한다. 다르게 말하자면 나 아닌 그 누구도 짓밟을 수 없는 것이기도 하다. 나는 그 누구의 자존감도 직접 높여줄 수는 없지만, 성공 경험을 체험할 수 있는 많은 콘텐츠를 제공하고 싶다. 우리 모두 스스로를 사랑할 수 있도록.

모든 일에는 이유가 있다고 이야기한다. 가지 못한 길에 왜 후회가 없겠는가. 그럼에도 내가 있는 자리, 내가 만나는 좋은 사람과 싫은 사람, 그것에는 반드시 이유가 있을 거라고 다독인다.

만나고 울고 사소한 일로 또 헤어지기도 하는 일의 반복. 매일 반복되는 하루 같아도 예상하지 못한 일로 웃기도 하고 울기도 하는 각각 다른 색깔의 하루. 그 작은 점들이 촘촘하게 모여 선을 이루고 다른 누구도 그리지 못할 나만의 초상화가 완성될 것이다.

그러니 우리 많이 울어도 좋으니, 수십 번 넘어져도 좋으니, 다 던져버리고 포기해도 좋으니 자신을 너무 막다른 구석에 내몰지는 말자. 현실과 타협하는 게 어디 나쁜 일인가. 다 내가 잘 자고, 잘 먹고, 사랑하려고 하는 일인 것을! '괜찮아, 잘하고 있어'라는 말조차 위로가 되지 않는다던 당신의 눈이 자꾸 생각난다. 위로보다 함께 시간을 보내고 싶다.

환경이 사람을 잡아먹나 싶었다. 환경에 의해 사람이 변했다는 이야기는 들었어도, 사람이 환경을 바꿨다는 이야기는 들어본 적 없다.

"일하고 나서 내 말투나 성격, 다 바뀌었어. 더 거친 말을 하고 짜증 부리고, 신경질적이 되네."

이런 친구가 안쓰러운 한편 종잡을 수 없을 정도로 낯설어지는 모습에 적응하기가 어려웠다.

우리는 새로운 환경에 처하면 그것과 다른 나를 지킬 것인가, 그곳의 색깔에 물들어갈 것인가 중 선택해야 한다. 그래, 내가 한 선택이다. 자기도 모르게 물들어간다고 하지만 가끔씩 변해가는 내 모습을 볼 기회가 분명히 있었을 테다. 혹시 환경에 잡아먹힌 자기 모습이 싫고 안쓰럽다면, 거대한 환경 앞에 너무 나약한 혼자라면, 그 환경에서 이제 벗어나는 건 어떨까. 때로는 지나친 신중함이 우리 인생의 재미와 의미를 앗아가기도 한다.

어렸을 때 대학을 졸업한 언니, 오빠들이 뜸 들임 없이 바로 취직하는 것을 보고 '아, 학교를 졸업하면 다 저렇게 돈을 버는구나' 했다. 20대 후반에서 30대 초중반에 시집, 장가가는 그들을 보면서도 '저 나이가 되면 어련히 결혼이라는 걸 하는구나' 했다.

남들이 할 때는 다 그렇게 쉬워보였는데 겪어 보니 무엇 하나 쉬운 일이 아니다. 인생에도 뜸 들이는 시간이 필요하다. 더 깊어지고 풍미가 가득해질 거라고 기대한다. 물론 너무 오래 뜸 들이면 홀랑 다 타버리겠지만. 내가 짓는 인생이라는 밥은 잘 지어서 나눠 먹기도 하고 누룽지도 해먹고, 숭늉도 끓여 마실 수 있었으면 좋겠다. 잘 안되는 일도, 마음먹는 대로 흐르지 않는 관계들도, 내 탓 남 탓 할 것 없이 '그저 밥이 맛있어지려나 보다' 하고 내 선택을 믿어야지.

쉬운 것 하나 없는 세상에서 더 맛있고 쫀득한 밥이 되기 위해 오늘도 약불을 달구는 나에게, 우리에게.

가려진 것에 흥미를 느낄 때가 있다. 그 속에 무엇이 있을까 상상하며 재밌어하고 그 느낌을 은근하게 즐기기도 한다. 같은 것을 보고도 다르게 이야기하는 이유가 궁금했다. 아마 배경 지식도 다를 뿐더러, 자기도 모르는 무의식의 세계도 반영되는 것이겠지.

지난 늦가을부터 추운 겨울까지 만난 아이들이 있다. 원래 터틀넥을 좋아하기도 하고, 교실이 추워서 내내 터틀넥만 입었나 보다. 어느 날, 한 아이가 질문을 했다.

"선생님 목은 한 번도 못 보고 졸업할 것 같아요. 혹시 목에 엄청 큰 점이라도 있어요?"

전혀 생각지 못한 이야기에 웃음이 터지고, 장난을 치려 나름 사정이 있다고 하니 아이들 모두 온갖 상상력을 동원해 추리하기 시작했다. 쏟아져 나온 아이들의 이야기에는 저마다 이유가 있었고, 사물을 그렇게 바라볼 수밖에 없는 환경이나 무의식이 반영되어 있었다. 결국 내일의 총체적 '나'는 오늘을 경험한 내가 만든다. 하루가 소중하지 않을 수 없다.

그녀가 한 말이 뇌리에 콕 박혔다.

"기분과 감정은 오롯이 일조량과 호르몬에 의해 통제되는 것 같아요."

비를 싫어하진 않지만, 흐린 날이면 괜히 처진 기분을 억지로 껴안는다. 호르몬은 더한 녀석이다. 생체리듬에 따라 내 감정을 얼마나 자기 멋대로 조종하는지. 내 몸 안에서 일어나는 일이라 누굴 탓할 수도 없는 노릇이다. 눈에 보이지 않는 자연적 현상에 내 하루가 좌지우지된다니 어딘가 마뜩잖다. 한편으로는 '그것 하나 어쩌지 못하는 미미한 인간이라면' 하는 생각이 들었다. 무엇 하나 더 잘하려고 애쓰고, 아끼는 내가 조금은 안쓰러웠다.

며칠 전 비가 많이 오던 날, 귀갓길에 너무 꿉꿉하고 사람이 많아 택시를 탈까 말까 교통카드를 손에 쥐고 한참 서서 고민을 했다. 이야기를 들은 그녀는 내게 말했다.

"그렇게 고생하고 벌어서 그런 날 택시 한번 못 타면 너무 서럽지 않아? 한 번쯤은 나한테 관대해져도 돼, 우리."

두보는 '꽃잎 하나만 날려도 봄빛이 줄어들거늘'이라고 말했다. 떨어지는 꽃잎을 보고, 봄에 내리는 꽃눈이라며 우리는 사진을 찍고 봄기운에 만취한다. 꽃을 피우기 위해 봉오리 가득 용을 쓰던 그때, 이미 봄은 왔을지 모른다. 만개하자마자 곧 땅으로 곤두박질치는 그때는, 두보의 시처럼 봄빛이 점차 줄어들고 있음을 극명하게 보여주는 시간일 것이다.

봄이 왔다. 어김없이 봄이 우리 모두에게 왔다. 아무리 봄을 싫어하는 사람일지라도, 봄을 받아들여야 한다. 죽도록 아팠지만 어김없이 괜찮아지고, 어김없이 낫기 마련이었던 시간들이 봄과 참 닮아 있었다. 어김없이 공포의 여름이 오는 것처럼, 또 어김없이 아플 것이라는 것도 안다. 하지만 또 어김없이 사랑과 이해, 배려, 감사함이 나타날 것이니, 너무 절망하지 말자. 결국 순번을 돌고 돌아 어김없이 오는 봄과 사랑으로 끝맺으면 그만이다.

"인간은 시시해지면 끝장이야."

영화 〈꿈의 제인〉에 나오는 대사다.

'시시함'이란 대단한 데 없이 보잘것없는 상태를 이른다고 사전에 나와 있다. 그럼 대체 보잘것없는 사람은 어떤 사람일까. 또 찾아봤다. '보잘것없음'은 볼 만한 가치가 없고 하찮음을 나타낸다고 했다. 하찮음은 대수롭지 않은 것, 대수롭지 않음이란 중요하지 않은 것, 사전을 돌고 돌아, 결국 시시한 인간은 대단한 데 없고 가치도 없으며, 하찮을 만큼 중요하지 않은 사람이란 말이다.

그러고 보니 어느 자리에서든 우리는 시시해지지 않으려 매일 버둥거린다. 누군가에게 좋은 친구로, 일 잘하는 직원으로, 좋은 연인으로, 사랑 가득하고 책임감 있는 가족으로 말이다. 아니 그런데 어떻게 모두에게 시시하지 않을 수 있나. 어떻게 모든 것에서 가치 있고 중요하며 빛나는 사람이 될 수 있나. 조금 시시해져도 괜찮으니, 대단한 것 없더라도 스스로에게만큼은 하찮아지지 말자.

생각보다 사람들은 타인에게 큰 관심이 없다. 잠깐 눈에 보이거나 귀에 들릴 때 생각하고 지나갈 뿐이고, 그 순간 은 하루 24시간 중 단 3분조차 안 될 것이나. 그 잠산 나 인의 시간에 묶여 우리는 고통스러워할 때가 있다. 누가 무얼 먹든 어떤 옷을 입고 있든, 어떤 회사를 다니든 눈 에 보이는 껍데기로 누군가를 평가하고 재단하는 것. 얼 마나 어리석은 일인가. 이렇게 생각하면서도, 타인의 내 면과 깊이, 그 사람만의 분위기를 보려고 노력하면서도, 왜 정작 나는 껍데기로 평가받는 일을 두려워하나. 어쩌 면 다른 사람들은 내 껍데기만 볼 거라는 지독한 거만일 수 있다. 그 사람은 나를 그렇게 보고 있지 않은데, 나만 깊은 척하는 걸 수도. 그래서 더욱 껍데기에 신경 쓰고 있을지도 모른다. 왜곡된 사고체계를 바꾸어야 한다. 생 각보다 남은 나에게 관심이 없고, 껍데기는 잠시일 뿐이 다. 결국 진심은 통하고 깊을수록 오래간다는 것.

어디든 처음 가는 곳은 낯설고, 처음 만나는 사람은 어색하다. 처음 쥐어본 만년필은 쓰기 어려웠고 처음 써본 소설은 내가 가진 글쓰기 역량에 대해 물었다. 처음 연애를 했을 때 남자친구의 손과 내 손이 포개어지던 그 순간은 아직도 생생하다. 처음 비행기를 탔을 때는 이륙의 순간 온몸으로 느껴지던 굉음과 진동이 무서웠고, 처음 장례식장에 조문을 갔을 때 영정 앞 고인을 대하는 나의 쭈뼛거림은 여전히 기억에 선명하다.

인생에 처음 경험하는 모든 것 앞에 우리는 두려움을 가진다. 엄마의 양수에서 편안히 유영하던 태아가 오롯이 홀로 호흡하고 영양을 채워야 하는 세상에 내딛을 때, 그 울음은 두려움과 어색함으로 가득 찬 것 아니었을까. 내가 사는 이 삶 역시 처음이다. 다른 경험들과 유일한 차이점이 있다면, 처음이자 마지막 경험이 될 거라는 점이다.

처음이기에 낯설고, 처음이기에 불안한 것이 당연한 삶이다. 학교에 첫발을 내딛을 때 아이를 응원하는 것처럼 매일같이 삶에 첫발을 내딛는 나를 응원해야 한다.

어설프고 실수하는 처음의 모든 것을 위하여.

이 세상에 존재하는 모든 관계는 49:51이라고 나는 말했다. 짧지만 살아오면서 겪어본 바가 그랬다. 단 '1'의 차이로 관계의 주도권을 잡느냐, 마느냐의 기로에 놓인다.

부모와 자식 관계. 교수와 제자의 관계. 연인 사이. 친구 사이. 직장에서의 관계는 물론 손님과 점원 관계까지. 어떤 한순간도 50:50의 수평에 놓이는 때가 없었다.

다만, 그럼에도 재미를 느끼는 것은 한 사람과의 관계에서 내가 '49'일 때도 있지만 '51'일 때도 있다는 점이다. 49와 51이 엎치락뒤치락하면서 우리는 상대에게 더 많은 사랑을 주기도 하고, 용기 내어 솔직해지기도 한다.

내게 위로 아닌 위로가 되는 하나의 사실이 있다. 당신 앞에만 서면 '49'가 되어 늘 발 동동 구르는 내가 누군가에겐 '51'이 되기도 하고, 내게 우쭐한 '51'의 당신이 또 누군가에겐 '49'인 모습을 본다. 나만 사랑받고 살란 법 없고, 또 나만 외롭고 혼자인 법도 없었다.

4월, 나를 마주한다는 것

행복의 답은
여전히 내 마음 안에 있었다

말을 안 하고 있자니 속이 너무 답답하고. 말을 하자니 속 좁은 사람처럼 보일까 봐 끙끙댄다. 분명 내가 전화한 걸 봤을 텐데, 다시 연락해주지 않는다. 거기다 대고 "왜, 전화 온 걸 봤으면서 연락을 안 해줘?"라고 말하기가 조심스러웠다.

이건 더 유치한 일일 수 있다. 친구가 집에 놀러 와서 양말 신은 채로 내 침대에 발을 올릴 때, "야, 발은 쫌"이라고 말하기가 참 어려웠다.

분명 나는 서운함이나 불편함을 느끼는데, 그걸 입 밖으로 내는 순간, 내가 더 이상한 사람이 되는 게 애매모호하다. "농담인데 왜 화를 내냐", "너한테나 농담이지. 난 기분 나빠"의 상황이 떠올랐다. 누군가에겐 '뭐 그런 것까지 신경 써?' 하는 일일 수 있지만, 누군가에게는 예의이고, 상대에게 꼭 지켜야 하는 약속일 수도 있다.

사람은 견디기 힘든 순간이 오면 숨을 참거나, 가쁜 호흡을 한다. 화가 나면 목청을 높여 밀어붙이는 당신 앞에서 나는 늘 편안히 호흡하지 못했다. 가끔은 숨을 힐떡이디 손이 저려오기도 했다.

사람은 태어날 때 제각각 자기만의 호흡수를 가지고 태어난다는 이야기를 들었다. 그 호흡을 다 하고 나면 죽음에 이르게 된다고. 그러니 숨을 너무 빨리 쉬지 말라고, 늘 편안히 호흡하라고 했다. 내가 가진 호흡수는 몇 번 남았을까? 그러고 보니 슬퍼서 울 때, 감정이 격해질 때, 화가 날 때 등 대부분 부정적인 상황에서 우리의 호흡은 가빠진다.

지금 이 순간, 내 호흡을 가만히 지켜본다. 잘 들이쉬는지, 잘 내뱉어지는지. 얼마나 남은 숨인지 모르겠지만 편안하고 안정적인 호흡이 곧 평온한 마음을 만든다. 일희일비하지 말아야 한다. 가끔은 숨에 집중하는 것도 좋은 일이다.

행복은 감정이 아니라 상태다. 감정과 상태의 차이를 곰곰이 생각했다. '감정'은 내가 느끼는 기분이나 마음인데, '상태'는 무엇일까. 어쩌면 '감정의 지속'이 상태가 아닐까? 감정은 더러 풍부하다고 할 수 있지만, 상태가 풍부하다고 할 수는 없다. 행복한 상태가 되려면 어떤 감정의 지속이 전제되어야 할까. 물론 추구하는 가치에 따라 추구하는 기분도 달라질 것이다.

행복이 무엇인지 찾아가던 중 조금은 알 것 같았다. 내가 추구하는 감정이 무엇인지, 내가 좋아하는 기분이 무엇인지를 아는 것이 중요했다. 다만, 행복은 결과적인 형태여서 추구하는 감정에 고통이 따를 수 있다. 고통이 있기에 주어지는 행복도, 환희와 기쁨의 지속으로 주어진 행복도 상태이기에 변할 수 있다. 불행 역시 상태이니까 변한다. 변하기 마련인 것에 희망을 걸기보다 조금이나마 나은 감정을 느낄 때 그 상태를 인지하는 것이 중요하다.

생각은 말을 이끌고, 말은 행동을 이끈다. 말은 참 쉽게 뱉지만, 그 힘은 가늠하기조차 어렵다. 외롭다고 생각했고 고독하다고 이야기했다. 사람이나 사랑이 필요한 줄 알았다. 그 어떤 마음과 말로도 채워지지 않는 공허함을 알아채고는 어떤 행동도 선뜻 할 수 없었다.

혼자가 편해 혼자에 익숙해질수록 자꾸만 내가 세우는 벽 속에 갇히는 기분은 왜일까. 사람은 사람 없이 못 산다는 노래가 흘러나온다. 지치고 흐려져가는 관계 속에 더 이상 욕심도, 바라는 것도 없는 난 얼마나 더 땅굴을 파고 내려가야 하나. 구멍이 크게 뚫린 비닐에 자꾸 공기를 담으려 애쓰는 모습이 애석하다.

길에서 만난 그 남자는 이런 나에게 말했다.

"예쁘지 않은데 순간 그냥, 오늘 말 걸지 못하면 후회할 것 같았어요. 당신과 결혼해야겠다는 생각이요. 그 생각이 저를 이렇게 이끌었어요."

예쁘지 않다는 팩트 폭력에 헛웃음이 났고. 나의 지독한 인간 혐오증을 또 한 번 확인했다.

언제부터였을까. 웃고 싶지 않아도 웃어야 한다는 것을, 다른 사람에게 보이기 위한 가면은 늘 장착되어 있어야 한다는 것을, 나는 언제부터 이 거짓에 가담하게 된 걸까. 웃고 싶을 때보다 무표정이고 싶을 때가 많았다. 더러는 찡그리고 싶거나 울고 싶을 때도 많았다. 그럼에도 나는 웃거나 애써 밝은 척해야 했다.

순간순간 사람이 느끼는 감정이란 얼마나 다양한가. 왜 우리는 밝게만 보여야 할까. 오히려 그게 더 이상한 모습이 아닐까. 우리가 누군가의 어떤 모습을 보든 그건 저 사람의 수많은 면 중 하나의 면이고 사람은 입체적이니까. 걱정의 이름으로 또는 자격 없는 평가의 일환으로 오지랖은 폭력이 된다.

내가 하루 중 가장 솔직한 표정과 기분을 드러낼 수 있는 곳은 이불 속이 되었고, 환멸에 치를 떨 때 나를 가만히 덮어주고 기다려준 건 또한 이불이었다. 아무렇지 않은 척하느라 수고했다고.

"생각 없이 단순하게 사는 사람이 제일 행복한 거야."

친구의 말은 그랬다. 생각이 많을수록 살기가 싫어지고, 사는 게 힘들고 버겁다 느껴실수록 인간성과 멀어신나고. 어떤 계기가 있었는지, 정확히 어느 시기부터 이 지독한 환멸과 혐오에 쌓여 벗어나지 못하는지 알 수 없다. 어쩌면 겨울이 지나고, 싹을 틔울 때 함께 움텄을지 모른다. 최고의 가치는 유일무이하게도 '사랑'이라고 믿었다. 진심은 언젠간 통하고 사랑의 힘은 위대한 거라고 굳게 믿었는데, 사랑이 무엇인지 사람은 또 무엇인지 의아하기만 하다. 점점 눈에 보이지 않는 것들은 무의미해진다. 사람, 신뢰, 용기, 위로, 배려, 진심, 추억, 고마움 등 추상의 것들은 모두 물질로 대체되어 그 힘은 더욱 커져간다. 언젠가 웃으며 지나쳤던 질문이 다시 내 등을 두드린다.

'왜 사는가?'

'무의미 속에서 굳이 왜 살아야 하는가?'

의외로 내가 사는 이유는 간단하기에 대단한 것이다.

"나 어제 그 유명인이랑 같이 있었어."

"우리 언니 남자친구가 판사잖아."

"너 거기서 일한다고? 거기 대표랑 나 친한데."

이 같은 대화의 끝은 언제나 내뱉어지지 못하고 나뒹구는 '어쩌라고'이다. 할 말이 없어진다. 말 그대로 그래서 어쩌라는 것인지 정말 악의 없이 물어보고 싶어진다. 깊이 고민해본 적이 있다. 이 사람이 굳이 주변 사람들의 지위와 권력, 돈을 내세우는 이유가 뭘까? 주변 사람들이 이 정도니, 나 역시 그 정도라는 걸 표현하고 싶은 걸까? 주변에 유명인이 없어서 내 공감 능력이 떨어지는 건 아닐까? 그런 사람들은 만나고 나면 늘 피곤하기만 했던 이유는 아무리 봐도 부러움에서 오는 건 아니었다.

밉고 짜증나기보다는, 조금 안쓰러웠다. 나를 드러내는 대화에 '나'는 없고 온통 '남'만 있으니. 자기 생각, 감정, 의견, 선택을 우선시했으면 좋겠다. 내가 듣고 싶은 이야기는 당신의 인맥이 아닌, 당신의 인생이기 때문이다.

하루 중 얼마간은 반드시 혼자 있는 시간이 필요하다. 물리적으로, 정신적으로 홀로 되어야 하루 동안 소진한 에너지를 다시 채울 수 있다. 그래서 '벽'은 우리에게 필수 불가결하다. 한 지붕 아래 살아도 '벽'이 있어 나는 혼자가 될 수 있다. 가족들이 저마다 저녁 시간을 홀로 보낼 때, 말없이 존중해주는 것이 참 좋다.

친한 친구와 긴 시간 여행을 갔었다. 온종일 붙어 다니고, 매일 '벽' 없는 한공간에 같이 자고 생활하니 좋았던 관계도 서서히 미묘해지더라. 어릴 땐 우리의 성격이 어딘가 맞지 않아서였을 거라 짐작했지만, 단지 스스로를 충전할 '벽'이 없었던 것뿐이었다. 누군가와 함께 다시 여행을 가거나, 생활을 한다면 나는 꼭 이야기할 것이다.

"우리 하루 한 시간만 서로 없는 사람처럼, 말 걸지 말자."

헛된 기대, 절망 그리고 좌절. '이번엔 다르겠지'는 '역시 그럼 그렇지'가 되어버리는 일. 이제는 너무 지쳐서 기대도 희망도 모두 져버렸다. 이유 없는 일은 없다. 사람에 대한 환멸감은 어떻게 치유할 수 있을까. 어디서부터 시작이었을까. 어쩌다 인간에 대한 신뢰를 모두 잃게 되었을까. 이번 주 상담에서는 이것을 꼭 여쭤봐야겠다.

오히려 많이 생각하고 집착하기에 환멸감이 드는 건 아닐까. 마지막 구호의 외침은 아닐까. 초심을 지켜야 한다는 말에 누군가는 상황과 환경이 바뀌었는데 왜 초심으로 돌아가야 하냐고 되묻더라. 나의 초심은 무엇이었나. 내가 사람을 바라보던 초심은 '사랑'이었는데 말이다.

사랑으로는 모든 걸 전달할 수 있다고 믿었는데 정작 눈에 보이지 않는 사랑은 뒤통수만 날렸다. 그럼에도 아무렇지 않은 척, 오늘도 웃는 얼굴을 만들어 방을 나선다.

다른 사람의 손가락이 부러지고 손톱이 모두 뽑힌 것보다 내 손이 살짝 종이에 베인 것이 더 아픈 거라 생각했다. 고통에 대한 역치는 제각각 다른 것이어서 남의 아픔과 나의 아픔을 비교하는 짓은 어리석었다. 당장 내가 아픈 게 우선이었으니까. 또는 겪어보지 않았으니 견줄 수 없는 거라고 말이다.

그런데 간접경험과 공감적 듣기로 어쩌면 조금은 서로에게 위로가 될 수 있을 거라는 생각을 했다. 타인과 비교를 통해 얻는 행복과 위안은 거짓이라는 말에 동의했었다. '쟤는 저렇게 힘든데, 나는 이 정도니 다행이다'와 같은 자위적 행복 말이다. 비열하고 거짓된 행복이라 말한 이유는 내가 그 비교 대상이 될까 봐 겁나서였을까?

'저 사람은 나보다 훨씬 힘든데 저렇게 잘 버티고 있네, 나도 힘내봐야지'는 어떤가. 같은 비교이지만 왠지 더 나은 진짜 행복, 실천적 위로 같지 않은가.

이 세상에는 내가 이해할 수 없는 일들이 많다. 할아버지의 연세가 80대라는 건 알았지만, 정확히 여든셋이라는 건 몰랐다. 가끔 내 나이도 까먹으니 당연한 일이다. 나이는 내게 큰 의미가 없다. 나는 내가 이 세상에 머무른 시간보다 '얼마나 겪었는가, 얼마나 타인과 공감했는가, 또 얼마나 신체와 정신이 건강한지'가 중요했다.

가족이기에 상처 주는 말이 오갔고, 나는 또 눈을 지그시 감으며 어색한 입꼬리를 올려야 했다. 나이보다는 주변 사람들의 성향과 그들이 좋아하는 것, 그들의 취향, 그들과 나의 감정적 교류를 나는 더 중요시했다. 그런데 이렇게 종종 나이를 잊어 아주 무신경한 사람처럼 여겨질 때 조금은 허망하다.

나는 내가 할아버지 오카리나 연주 소리에 노래 부를 줄 아는 손녀여서 참 좋았는데, 그런 할아버지가 참 좋은데 말이다.

5월, 선택 그리고 이유

억지로 하는 일은
몸과 마음을 힘들게 한다
나는 내가 원하는 삶을 찾아
나서기로 했다

"사람마다 지워버리고 싶은 하루가 있을 거야."

과거로 돌아가서 되돌리고 싶은 순간을 조작할 수 있다면 얼마나 좋을까. 자기 전 눈 감고 떠올리면 저절로 이불을 차게 되는 부끄러운 기억들.

'왜 그랬을까. 왜 그런 말을 했을까.'

시간이 흘러도 얼굴이 빨개지는 건 마찬가지다. 단 하나의 순간을 골라 내가 원하는 대로 바꾸어놓을 수 있다면 과거의 어떤 순간을 고를까. 떠오르는 장면들이 참 많았다. '그 장면'을 보는 내 눈을 가리면 좋겠다. 그 소리를 듣는 내가 귀를 막으면 좋겠다. 상처를 주는 말을 내뱉고 있는 입을 다물게 할 것이다. 조금만 덜 상처 주고 많이 안아줄걸. 해야 할 말을 제때 할 것이다.

후회 없이 살자고 순간에 집중하면서도 자꾸만 되돌아보고 아쉬워하는 내가 어리석다. 그럼에도 해답은 과거를 반성하는 현재에 있을 테니 되묻고 되묻는다.

밖으로 꺼내면 화살과 눈총을 맞을까 무서워 혼자만 하는 생각이 있다. 가령 아주 사소한 위생 개념부터 크게는 사회 문화적 흐름에 대한 가치관까지 말이다. 생각으로는 뭐든지 할 수 있다. 상상 속에서는 살인도 방화도 죄가 되지 않으니까. 그렇게 영원히 혼자만의 것이어야 하는 생각들이 어쩌다 누군가에게 알려졌을 때 그것은 곧장 평가의 단상에 올려진다.

나는 불쾌한 이야기를 듣고 나면 '아 너의 생각은 그렇구나, 그럴 수 있지'로 넘기지 못해 속앓이를 한다. 그들도 분명 알고 있다. 공식적인 자리에서는 절대 밝힐 수 없는 이야기라는 걸. 그리고 뭇매를 맞게 될 것이라는 걸. 그럼에도 그들은 왜 내뱉어야만 했을까에 대해 고민한다.

"저는 가난하고 못 배운 사람이 싫어요."라고 말한 당신과 "책을 좋아하는 사람 대부분은 못생겼어요."라고 말한 당신에 대해 생각한다.

누군가와 대화할 때 우리는 자연스럽게 상대의 마음을 추측한다. 상대의 목소리를 읽고 적당히 눈치껏 반응해야 한다는 것을 암묵적으로 배웠다. 그래서인지 억측과 오해로 관계가 단절되는 결과를 맞기도 한다. 물어보면 별 이유 아닌 것들이 많을 텐데. 대화를 나누어보면 서로가 서로를 배려하느라 생긴 일일 수도 있는데 말이다. 하나하나 물어보기를 좋아해서 나 혼자 큰 오해 없이 산다고 생각했는데 돌아보니 옳은 처사였을까 물음을 던지게 된다. 가끔은 내 질문이 상대에게 무례할 수 있으니 조심해야 한다고 스스로 단속한다. 아니, 나는 정말 누구에게나 똑같이 솔직했을까? 편한 가족에게나, 친구에게나 솔직했겠지.

좋아해서 가슴이 떨리는 당신 앞에서는 솔직하지 못했다. 내가 적당히 추측하고 눈치껏 행동해야 하는 윗사람 앞에서 역시 솔직하지 못했다.

난 이렇게 위선적이다.

사람을 봐가면서 행동하는 사람을 만나면 지치고 속상하
다. 친절하게 배려하고 양보하면 자신보다 아래로 보고
함부로 대하기 일쑤다. 선의를 다했는데 돌아오는 반응
은 자꾸만 가시 돋친 말들이라 그 가시에 찔려 오늘도 속
이 상한다.

내가 도움을 아무리 주려 해도 신뢰를 만들려 해도 나 혼
자만의 노력으로는 쉽지가 않다. 한두 번 나를 무시하는
말들은 웃어넘기며 지나갔지만 이제는 내가 어떻게 대
응해야 할지 고민이다. 지치나 보다. '그만해야겠다'라는
생각이 들 때는 내 마음이 외치는 소리에 집중해야 한다.
정은 나누어야 커지고 오가야 따뜻해지는 것이라 믿는
다. 지금하듯 신뢰를 한 조각 한 조각 쌓았는데 지금 보
니 나만 혼자 쌓아서는 인연이란 다리로 잇지 못할 듯하
다. 거리를 두어야 할 때다. 거리가 필요하다.

마치 내가 가진 생각이 정답인 양 살아간다. 수많은 지
식과 방대한 정보 중에서 어떻게 그것만이 내 머릿속으
로 들어왔는지 생각해보았는가. 내가 가진 이 생각이 어
떻게 내 것이 되었는가. 어떤 것들이 다가와 나를 이루게
되었을까. 나는 나만의 색을 가지고 있을까. 언제까지고
'내가 즐거운 일'을 하고 싶지만 그것은 진정 나를 즐겁
게 하는가. 내 주변 사람들을 힘들게 하고 있지 않은가.
나는 얼마나 용기 있는 사람인가.

하고 싶은 일은 늘 어려웠다. 쉽고 간단하게 하는 일은
어쩌면 하고 싶은 것을 할 용기가 부족했던 나의 자위책
이었다. 글을 쓰고 많은 사람을 만날수록 옅어지는 나의
생각과 색깔을 다시금 구애한다. 색은 어디로 갔을까. 나
에게 용기는 있을까.

"이 세상에 영원한 내 편이 있을까요?" 라는 질문을 던졌다. 돌아오는 답은 "아니요, 없어요."가 대부분이었다. 영원한 내 편은 나만 해줄 수 있다. 내 사정과 상황을 제일 잘 아는 사람은 이 세상에 나밖에 없다. 내가 제일 하고 싶은 것이 무엇인지 아는 것도 나이고 내가 얼마나 잘 견디고 버틸지 아는 것도 사실은 나다.

주변에서 바라는 것이 마치 내가 바라는 것인 양 착각했었다.

"넌 그 일을 잘할 거야. 넌 그 일과 잘 어울려. 안정적으로 먹고살려면 그거 해야지. 지금까지 해온 게 아깝다."

숱하게 들어온 나의 미래였다. 그 말들은 응원이면서도 때로는 폭력이 되고 때로는 나 스스로의 장벽이 되었다. 나는 내가 하고 싶은 일에 설레고 조금 두렵지만 도전해 볼 수 있는 사람이다. 내 20년 뒤가 상상되지 않아서 즐겁다고 말했다. 어디서 뭘 하고 있을지, 무엇이 되어 빛나고 있을지 우린 아무도 모른다.

모든 게 완벽하면 좋겠지. 그래, 상처 주는 사람 없이 좋은 환경에서 사랑만 받았다면 구김 없는 더 좋은 사람이 되었을 거야. 성인이 되기 전까지 나는 내 환경을 스스로 선택할 수 없었어. 주어진 상황을 피할 수도 맞서 싸울 수도 없었어. 어렸고 지금보다 더욱 감성적이었으니까. 다들 똑같이 힘들 거라 생각하며 영원히 흉터로 남을 성장통을 꾸역꾸역 마음에 담았어.

분명 터널은 끝이 보이는 거라 했는데. 난 그 터널을 분명 지나왔는데도 왜 문득 이렇게 어두워질까. 나의 현재까지 영향을 미치는 일은 과거에서부터 나를 이뤄온 것일 테니. 그 시절로 돌아가면 여전히 울고 있을 나에게 나는 과연 어떤 이야기를 해줄 수 있을까. 나는 과연 누구에게 사과받아야 할까. 그래도 한 귀퉁이에 꾹꾹 눌러 써둔 말이 나를 위로한다.

"잘 버텼어. 고생했다."

책이 무엇인지 잘 몰랐을 때는 당장 읽을 책만 샀다. 주체적으로 책을 선택하기보다 유행과 주입되는 사회 문화적 가치관을 따라가기 급급했을시도 모른다.

"너, 저 책 읽었어? 저 책 유명하더라 요즘."

"저 책이 왜 유명해?"

서점 나들이 중 책을 고르던 두 친구의 대화가 들려왔다. 조금 무례하지만 무심코 엿듣게 된 대화는 그 두 마디가 전부였고 종일 내 귓전에 머물렀다. '왜? 그리고 어떻게?'에 대한 답은 논리적이어야 해서 어렵고 까다롭다. 하지만 그만큼 설득력과 신뢰도를 줄 수 있는 답이 될 것이다.

나는 내가 선택하는 모든 것의 이유를 나에게서 찾고 싶다. 이제는 언젠간 읽을 거라는 핑계로 책을 마구 구매한다. 전보다 덜 신중하고, 더 헤프게 소비를 한다. 하지만 내가 고르는 책에는 마땅한 나만의 이유가 있다. 나에게 온 책이 참 소중하다.

모를 땐 물어야 한다. 모르면서 나 혼자만의 생각으로 추측하고 재단했던 일이 더 많았다. 결과는 어땠던가. 대부분 내 생각이 틀렸었고, 일은 이미 그르친 후였다. '감'이라고 한다. "나는 감이 좋은데, 그 사람은 나랑 잘 안 맞아." 또는 "걔 행동을 보면 날 미워하는 것 같아."의 이야기들이다. 물어보면 실례가 되거나 관계를 더 망칠까 봐 두려워한다.

솔직하게 마주하면 예상하지 못한 좋은 결과도 얻을 수 있는 것이 대화의 묘미다. 단 정말 진솔하고 상대방과 좋은 합의를 찾고자 하는 의지가 있을 때의 이야기다. 오늘 난 궁금한 이야기를 물었다. 혼자 판단하고 혼자 결정 내리고 상처받기 싫어서 확인을 해야 했다. 역시 당사자에게 듣고 나면, 조금은 진실에 가까워진다.

내 친구의 어머니는 매년 새해가 되면 수산시장에서 살 수 있는 만큼 물고기를 사다가 바다로 다시 돌려보낸다 하셨다. 오늘 찾은 백화점 지하에서 햇빛 하나 없이 노랗게 시들어가는 화분들을 보고 친구 어머니 생각이 났다. 구매해서 뒤뜰에 심으면 덜 미안해질까? 우리 집 창틀에서나마 빛을 받게 한다면 내 마음이 편안해질까? 이것마저 인간의 이기심이라 여겨지며 살아있는 모든 것은 자유로워야 한다는 이치를 자연스레 떠올렸다. 누구의 욕심이 꺾일 것인가. 누구의 자유가 이겨버릴 것인가. 자유는 왜 당신과 내가 동시에 누릴 수 없는 것일까. 친구 어머니는 '물고기의 자유'라고 하셨지만 물고기의 생각을 알 수 없는 한 어머니의 행동은 물고기를 바다에 돌려보내는 선행을 함으로써 자식이 잘 되길 바라는 대가성 선행이 우선한 일이지 않을까.

평생 내 머릿속 생각에만 의지하는 나는 그러므로 나를 경계해야 한다. 누군가의 자유를 박탈하지 않기 위해서.

하고 싶은 일을 해야 행복하다고 이야기하지만, 더 쉬운
방법은 하고 싶지 않은 일을 하지 않는 것에 있었다. 하
기 싫은 일을 억지로 할 때, 얼마나 스트레스를 받는지
우리 몸이 제일 잘 안다. 기력이 약해지고 짜증이 늘고
신경성 두통에 시달렸다.

하기 싫은 것을 관두는 데 필요한 것은 단 하나. 용기다.
용기란 내가 잃을 것에 대한 두려움을 이기는 힘인데, 알
면서도 행하기가 쉽지 않다. 나는 억지로 젊음을 저당 잡
힌 채 도서관에서 종일 공부를 해야 했다. 나의 선택이
었다지만 과연 마음에서 끓어오르는 주체적 선택이었을
까? 결국 병이 나고서야 건강을 잃을지 모를 두려움에
맞서 용기가 싸워줬고, 지금의 나는 그나마 나은 삶을 향
해 가고 있다.

억지로 하는 일은 몸과 마음에 좋지 않으니 내려놓는다.
포기해버리는 것도 현명하다.